The World of **MOOMINVALLEY**

ムーミン谷のすべて

ムーミントロールとトーベ・ヤンソン

Labora et amare.

働け、そして愛せよ

The Moomins: The World of MOOMINVALLEY as created by Tove Jansson
Written by Philip Ardagh
© Moomin Characters™
The Moomins: The World of Moominvalley as created by Tove Jansson
first published 2017 by Macmillan Children's Books
an imprint of Pan Macmillan
a division of Macmillan Publishers International Limited.
Japanese translation rights arranged with Macmillan Publishers International Limited, London
through Tuttle-Mori Agency, Inc., Tokyo.

The World of MOOMINVALLEY
ムーミン谷のすべて

ムーミントロールとトーベ・ヤンソン

目次

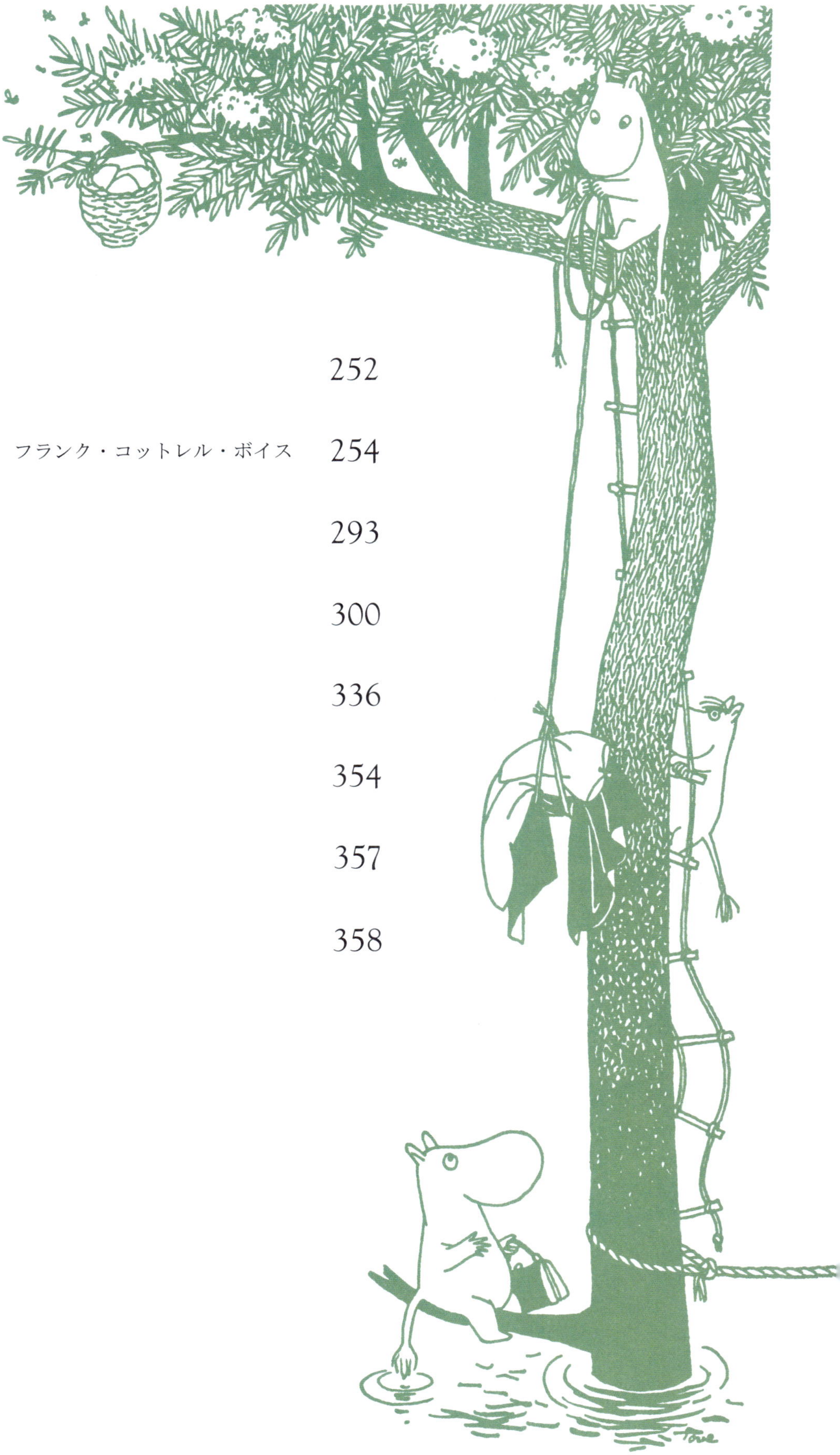

まえがき

フランク・コットレル・ボイス

ムーミン谷は、物語の中の場所であり、実在する人やできごとと似ていたとしても、まったく関係はありません。ただし、次のものは実際に存在します。

フィンランドは、本当にある国です。まばゆい白い冬、なかなかやってこない春、冒険いっぱいの夏、タイルストーブを備えた透かし彫りの飾りのついた家、夕やけ空に向かって水切りした小石のように点々とならぶ島々……。わたしは子どものころ、トーベ・ヤンソンがこうしたすべてを作り出したのだと思っていました。フィンランドは、ナルニアのような、実際にはない魔法の国だと思っていたのです。ですが、フィンランドは、現実の場所でした。トーベ・ヤンソンも、実在する人間でした。

わたしが持っていたパフィン版（イギリス版）のムーミンの本の裏表紙には、作者が「フィンランド湾の孤島に住んでいる」と書かれていただけでした。年齢も経歴も性別も、どんな顔かたちかもわかりません。名前をどう発音するかさえ、わかりませんでした。トーベという名前は、なんだか登場人物の名前に似ているように思えました。きっと「トーベ」は、「トフト」に似た生きものにちがいない……。

何十年かたって、フィンランド美術の本をぱらぱらながめていたとき、「オオヤマネコの襟巻きの自画像」というすばらしい絵と出合いました。トーベ・ヤンソンの自画像でした。わたしは、息をのみました。自分の守護天使と顔を合わせたような感じがしたのです。

　ようやく「トーベ」がなんなのか、わかりました。トーベは、人間で、女性でした。毛皮をまとうトーベは、つり目で荒々しいまなざしの、どこか野生動物を思わせる女性でした。そう、わたしの印象は正しかったのです！　トーベは、ムーミン谷のある生きもの——ちびのミイによく似ていました。

　ムーミンの世界は、わたしが昔楽しんで訪れた、ほかのどの魔法の国ともちがいます。大人になるということは、アリスの不思議の国やナルニア、中つ国、アースシーが本の中にしかないと、わびしい気持ちで受け入れなくてはならないということです。ですが、ムーミンの世界については、その生きものや習慣が、ふだんの生活でも見られることに、わたしは大人になればなるほど、気づくようになりました。

　たとえば、ヘムル（いばりんぼう）、フィリフヨンカ（神経質）、森の子どもたち（はずかしがりや）、じゃこうねずみ（陰気）、スノーク（知ったかぶり）——わたしが出会ったり、一緒に働いたりした中に、こうした人たちがすべて存在しました。児童書では、登場人物は社会階級や人種、職業で特徴づけられていることが多いのですが、ムーミン谷の生きものたちは、人間の性格や行動や考え方、つまり、さまざまなタイプを代表しているのです。わたしは、スナフキンになりたいと思いながら育ちました。でも、どういうわけか、ムーミンパパになってしまいました。ときどき、少しヘムルっぽくなっていると気づくこともあります。

パーティー

　ヤンソンは、幸福をうまく表現することができる数少ない作家のひとりです。『たのしいムーミン一家』のラストで、飛行おにがルビーを取りもどしにやってきたとき、ムーミンたちはパーティーを開いていました。このパーティーの絵——木に飾られたちょうちん、空にかかる月、テーブルの下にもぐる子どもたち——は、ずっとわたしにとってよいパーティーの見本です。このパーティーで飛行おにには、とても親切にしてもらったので、怒りが消えてしまい、すべてが平和的に解決します。すばらしいパーティーには、限りないやさしさを引き出す力があるのです。

家

　グリムの昔話にはじまり、物語の中では、家とは、幸運をさがすために出ていく場所です。家には、主人公が本当に愛する人と結婚したり、思いどおりに行動したりするのを止めようとする、意地悪な継母や暴君のような父親がいるからです。けれども、トーベ・ヤンソンはこれを引っくり返しました。ムーミン族でなくても、ムーミン屋敷をわが家と思って暮らすことができます。屋敷のとんがり屋根の下では、食べものの好みや生き方がちがうたくさんの異なる種族のものたちが、幸せに暮らしています。冬になると、ムーミンたちは冬眠し、スナフキンはテントをたたんで南をめざします。ムーミン屋敷から動かないムーミンたちは、旅立ち、冒険をしてくれるスナフキンをなぜか必要としています。ですが、スナフキンの方も、もどってきて窓の下で口笛を吹ける場所が必要なのです。この、とても力強く、どのようなものでも受け入れてくれる場としての家族の描き方は、ほかの物語ではほとんど見られません。

　物語の中で、家族というものはしばしば読者に忘れられがちです。『たのしいムーミン一家』のはじめの部分、ムーミントロールが飛行おにのぼうしのせいで姿が変わってしまったときのくだりは、とてもすばらしいものです。友だちがだれも自分だとわかってくれないので、ムーミントロールは絶望しそうになります。そのとき、ムーミンママがやってきて、おびえきっているムーミントロールの目をのぞきこんで言うのです。「ね、なにが起こったって、わたしにはおまえが見わけられるのよ」もしあなたのまわりに道を踏みはずした十代の子や、かんしゃくを起こす幼児がいれば、泣き声や怒りのことばに隠されたかわいい子どもを見分けられるこの能力が、フィンランドという国と同じくらい現実に存在するものだとわかることでしょう。

災害

　ムーミン谷は、安全な場所ではありません。ムーミンたちは、不安定な世界の中でパンケーキを焼き、コーヒーを飲んでいます。火山が噴火し、彗星が空を駆け、洪水がごうごうと谷に流れこみます。人生は、こわれやすいものなのです。ムーミンの最初の本、『小さなトロールと大きな洪水』が、第二次世界大戦末期に出版されたこと、そしてこの最初の本に戦争の影が大きく落ちていることを、忘れてはなりません。ムーミンの家族は離ればなれになっていて、道は、あの故郷のない静かな生きもの、ニョロニョロでいっぱいです。けれども、物語には、ムーミントロールがコウノトリにメガネを返してやる場面のような、ちょっとした親切な行いがたくさん描かれています。こうした親切や、役に立つものがつまったハンドバッグ、つかの間の夏をぜったいに楽しむんだという

気持ちといった、小さなことのおかげで、わたしたちは日々を乗りきることができるのです。

　数年前、一本のツタが壁の穴を通ってわが家の台所へ入りこんできました。いまでは、天井はツタでおおわれています。ツタがしっくいにいいはずはないのですが、わたしは、ムーミンママが飛行おにのぼうしの中に刈り取った草を捨て、ムーミン屋敷がジャングルになった場面をしきりに思い出し、ツタを刈り取ることができずにいます。ムーミンとは、このツタのようなものなのです。ムーミンたちは、あなたの世界に入りこむ道を見つけます。トーベは、いったいどうやってこんな魔法をかけることができたのでしょう？　自分の心に正直で、寛大でいることによってでしょう。

　愛する母親が亡くなったとき、トーベは、悲嘆と喪失を描いた偉大な本のひとつ、『ムーミン谷の十一月』を書きました。ムーミン谷では、強すぎる、もしくは個人的すぎる感情というものは存在しません。トーベはこの物語の中に自分の本当の気持ちをこめました。そして、トーベが個人的なことを書けば書くほど、彼女の物語はより普遍的になりました。トーベの本が、大半の写実的な小説よりも本物らしく、より現実的なのは、読者の心に共通して存在するものに根ざしているからなのです。だからこそ、イギリス北部の大きな団地に住む労働者階級の少年だったわたしは、フィンランド湾の島に住む中流階級のボヘミアンだったトーベが、わたしだけのために書いてくれていると感じたのです。これこそが、偉大な物語の持つ力なのです。

　トーベ・ヤンソンは、フィンランドを信じがたい魔法の国に変え、ほかのだれよりもはっきりと、楽しい方法で、人生というのは本当は魔法に満ちた信じがたいものなのだと思い出させてくれたのです。

　　　　　　フランク・コットレル・ボイス　　　　*Frank Cottrell Boyce*

はじめに

フィリップ・アーダー

世界じゅう、また世界の文学のどこにも、ムーミンのような存在はほかにありません。ムーミンは児童文学に限られた存在でもありません。ムーミンには、世界じゅうに、あらゆる年代のファンがいるのです。小さい子は、ムーミンのはっきりした輪郭と、だきしめたくなるような姿に夢中になり、大人は、金の粒の一番いい使い道が花だんにきれいなふちを作ることだったり、クリスマスツリーの星ですばらしい勇気をたたえるメダルを作ったり、ルビーの中でも一番大きいルビーの王さまよりも、だれかに手を貸すことの方が大切だったりする世界を楽しみます。そして信じられないことに、こうした物語とイラストの両方が、たったひとりの人の精神とペンから生まれたのです。フィンランド人の作家・画家であるトーベ・ヤンソンです。

　トーベの作品はほかにはない世界で、たぐいまれな想像力を駆使（く　し）して描（えが）かれています。それは、魔法（ま ほう）と憂鬱（ゆううつ）、友情と家族と愛の世界です。そしてこの世界には、小さな生きものの持つ希望や恐（おそ）れや夢への、トーベの驚くべき洞察（どうさつ）が隠（かく）れているのです。読者も、小さな生きものの気持ちにひそかに共感することでしょう。そして、どの本にも、生き生きしたおもしろい、愛すべき登場人物が息づいているのです。

フィリップ・アーダー

PhiloArdagh

✳ この本の楽しみ方 ✳

　この本の第一部では、ムーミンの世界とそこに住む仲間たちを紹介（しょうかい）します。第二部では、ムーミンの生みの親であるすばらしい芸術家、トーベ・ヤンソンの世界を見ていきます。

キャラクターについて：この本では、ムーミン谷の主なキャラクターがすべて紹介（しょうかい）されています。なじみの薄（うす）いキャラクターもいるかもしれませんが、心配はいりません！　巻末についている索引（さくいん）を引けば、そのキャラクターについて、もっと知ることができるでしょう。ことばについているこのマーク（＊）は、ページの下部に、役に立つおもしろい補足が載（の）っている、という印です。

出典について：この本に書かれていることは、すべてムーミンシリーズの主な八冊の物語から集めたものです。ムーミンのコミックスや、シリーズとは少し異なると思われる『小さなトロールと大きな洪水（こうずい）』からの情報はふくまれていません。

（本書の『ムーミン谷の彗星（すいせい）』についての記述は、1946年の初版を翻訳（ほんやく）したイギリス版にもとづいています。日本語版は、その後の改訂版（かいていばん）を翻訳したものなので、内容に多少のちがいがあります。）

イラストについて：この本が、ムーミンママのピクニックのお弁当がおいしいのと同じくらい、目のごちそうになるように、遊び心たっぷりに自由にデザインしました。観察眼の鋭（するど）い方は、引用文に添（そ）えられたイラストが、文章とは別のムーミンの物語からとられていることがあるのに気づかれるかもしれません。これは、その文章とその絵を組み合わせることで、内容がより強く、楽しく伝わると信じて行ったものですので、ご理解ください。

ムーミンを
さがして……

ムーミンの見つけ方

外見

ムーミン族は、小さくて、はずかしがりやで、耳の小さな、ぽっちゃりとした生きものです。でも、正直に言うと、あなたが幸運にもムーミンを見かけたとしたら、まず目につくのは、その鼻でしょう。

　鼻だけでは、ムーミンが男なのか、女なのかはわかりません。もしもムーミンパパを見かけたのなら、そのムーミンは、ぼうしをかぶっているでしょうし、ムーミンママだったら、すてきなハンドバッグを持っていることでしょう。実際、ムーミンママがハンドバッグをなくしたとき、ムーミンパパは、自分の奥さんだとすぐにはわからなかったほどなのです。

　それはそうと、鼻の話にもどりましょう。

　大きくても小さくても、男でも女でも、はずかしがりやでもそうじゃなくても、ムーミン族は、体のほかの部分にくらべ、鼻がカバみたいにたいそう大きいのです。そして、ビロードのような短い毛が、ぽっちゃりした体じゅうにびっしり生えています。ふわふわした毛があるのは、しっぽの先か、両耳の間だけです。

　ムーミン族の毛の色は、白。ムーミン族が暮らす、雪の多い北の地にうってつけのカモフラージュだと思われるかもしれません。確かに、みごとなカモフラージュではありますが、ひとつ、重要な事実があります。ムーミン族は、冬じゅう眠（ねむ）っているということです（正しくは冬眠（とうみん）といいます）。松葉を食べておなかをいっぱいにしてから、あたたかいかけぶとんにくるまって、長い、ゆったりとした眠（ねむ）りにつくと、よほどのことがないかぎり起きることはありません。いちど、ムーミントロールが冬眠中（とうみんちゅう）に目を覚ましてしまい、ベッドから出たことがありましたが（ムーミン族は、ムーミン谷のほとんどの住民と同じように、二本の足で立ちます）。

　それから、ムーミン族の口はというと、見つけるのはかなり大変。大きくてりっぱな鼻の下のどこかにあるはずですが……。

ムーミンがいるところ

世界じゅうで愛されているムーミン一家が住んでいるのは、もちろんムーミン谷です。ムーミン一家にちなんで谷にこの名前がつけられたのであって、決して、ムーミン谷という名前が先にあったわけではありません。ムーミン谷に行ったら、背が高くて青い、筒形の家をさがしてみましょう。それがムーミン屋敷です。建てたのはムーミンパパ。北には川が流れ、山々がそびえ、西には海が広がっています。屋敷を見つけたら、こんどはムーミン一家をさがしに行きましょう。

そこはすばらしい谷でした。
しあわせにくらす小さな生きものたちと、花がさく木でいっぱいでした。
山からながれてくる、水のきれいな小川が、ムーミンやしきをぐるりとまわりこんで、
べつの谷があるほうへときえていくのでした。
そのあたりにすむ小さな生きものたちはきっと、
この川はいったいどこからきているのかしらと、思っていることでしょう。
『ムーミン谷の彗星』

屋敷（やしき）には、ムーミンママとムーミンパパ、それにムーミントロールが住んでいます。

ですから、三人はすぐに見つけられると思うでしょう？　でも、ムーミン一家はだれからも愛され、したわれているので、屋敷（やしき）にはいつだってお客さまがいます。スニフやスナフキン、ミムラねえさんやちびのミイもいるし、フィリフヨンカやヘムレンさんがいるときもあります。つまり、おおぜいの中から、ムーミン一家を見つけなくてはならないかもしれません。

ムーミントロールのママとパパは、どんな仲間も、
いつもおちついてむかえいれました。
ただ寝床（ねどこ）をもうひとつこしらえて、
食堂のテーブルに、葉っぱをもう一まい広げるだけです。
『たのしいムーミン一家』

もし、この屋敷（やしき）の中やまわりで見つからなければ、桟橋（さんばし）のある海岸をさがしてみましょう。ムーミン一家は、ボート遊びが大好きです。いつも乗っているのは、ぶあつい木の板を重ねて張った、よろい張りのボートです。ムーミンパパは、海でたくさんの手柄をたててきましたし、ほかのみんなも、仲間といっしょに、ずぶぬれになりながら、さまざまな冒険（ぼうけん）をしてきました。

それでもムーミンたちが見つからなかったなら、水あび小屋の戸棚（とだな）をさがすのを忘れてはいけません。ヘムルの形をした、少し空気がもれる浮（う）きぶくろがしまってある棚（たな）です。でも、目に見えない八匹（ぴき）のとんがりねずみには気をつけてください。とはいっても、実際に気をつけるのはむずかしいでしょうが。

ムーミンを 見つけやすい季節

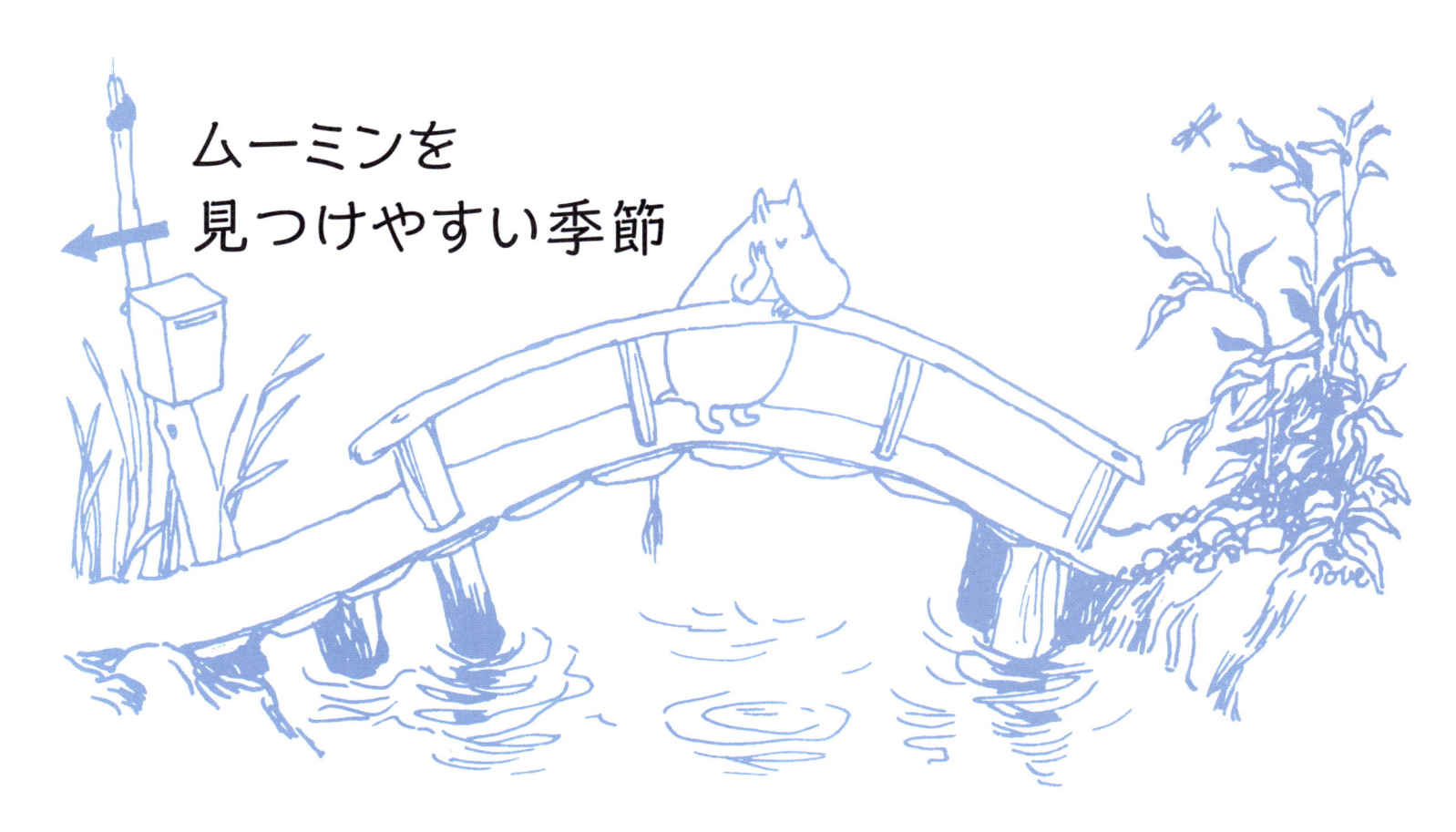

　　年のうち、ムーミンを見つけやすいのは、春と夏です。ムーミン族はみんな、ぽかぽか陽気や太陽の光が大好きで、春の最初の日を心待ちにしているからです。春や夏には、庭や森、海岸に出てきたムーミンをかんたんに見つけられるでしょう。

「わたし、起きたわ！」
スノークのおじょうさんが、はずんだ声をあげました。
ムーミントロールは、じぶんの鼻を
スノークのおじょうさんの鼻に
やさしくこすりつけると、いいました。
「春だね！」
『ムーミン谷の冬』

　冬の間は、ムーミンたちをさがしてもむだです。ベッドで眠っている姿を見たいのなら別ですが。というのも、十一月から四月まで、ムーミン一家は冬眠するのです。ムーミンママとムーミンパパとムーミントロールは、応接間で眠ります。あたたかいかけぶとんにくるまって、長いことぐっすり眠り、春が来たら目をさまします。なにごともなければ、ですが。

ムーミン族の趣味

ム　ーミン族は、ひとりひとりがとても個性的です。けれど、見かけだけではなく、みんなに共通する点があります。それは、やさしくて親切で、だれにでもあたたかく接すること。ムーミンのご先祖さまは例外かもしれませんが。なにしろ、ご先祖さまはとてつもなく年を取っていますから（それに、毛むくじゃらですし）。ムーミン族は、自分たちの家を訪れたお客さまを、いつだって喜んで迎えます。初対面のお客さまも大歓迎。ムーミン一家のムーミン屋敷には、おおぜいのお客さま──ちびのミイ、おしゃまさん、スニフなど──が一緒に暮らしはじめ、そのまま家族の一員となりました。

　ムーミン族は、冒険好きで、おもしろいことに目がなく、いたずら
も大好きです。ムーミントロールが、じゃこうねずみのベッドにブラ
シを隠したこともあります（じゃこうねずみ自身は、おもしろいとは
思わなかったようですが）。また、ムーミン族はみんな、にぎやかなパー
ティーが大好きです。パーティーで、ゲームやダンス、音楽、そして、
なによりもごちそうを楽しみます。

　　　　　ああ、なんて気持ちがいいんでしょう！
　　おなかいっぱい食べて、飲んで、なにからなにまでおしゃべりして、
　　　　　　　思いっきりダンスをして……
　　　　　　　　『たのしいムーミン一家』

　もしムーミンと一緒に食事をすることがあれば、みんながすばらし
くお行儀がいいこともわかるでしょう。

　　　ムーミン谷のひとたちは、お茶におよばれしたときはもちろん、
　　ごはんを食べたあともかならず、ごちそうさまをいいます。
　　　　　お行儀がいいのがすきなんですね。
　　　　　　　『ムーミン谷の夏まつり』

ムーミンの食べもの

　ムーミンたちは、いろいろなものを食べます。たとえば……

✳ パンケーキ（マメルクを釣るのにぴったりのえさでもあります）

✳ ナシのジャム（スニフの好物。鍋をきれいになめてしまうのが好き）

✳ おかゆ（年寄りの劇場ねずみ、エンマはおかゆは嫌いですが）

✳ 木いちごのジュース（飛行おにの魔法のぼうしから
　　出てくる木いちごのジュースもです）

✳ コーヒー

✳ 干しぶどう入りのプディング
　　（洞穴でのキャンプには、欠かせません）

✳ マジパンでできたブタ
　　（ムーミン谷には、本物のブタはいません。
　　でもスニフは、眠っているじゃこうねずみを見て、ブタみたいだと言っていました）

✳ 松葉（冬眠の前、ムーミンたちは松葉でおなかをいっぱいにします）

ムーミン谷

「世界でいちばんすてきな谷なんだ」
『ムーミン谷の彗星』

北の森の奥深くにあるムーミン谷は、おさびし山と海にはさまれた、魔法がかかったような場所です。ムーミン一家やたくさんのほかの生きもの——スノークや水の精、フィリフヨンカや火の精が、ここで暮らしています。谷は、命に満ちあふれています。カナリアが朝から晩までうたい、カッコウが春の訪れを告げます。松の木やポプラ、青いナシの実がなる木もあります。大きな花があちこちに咲き、うんと小さな緑色の地ぼたるが、夕暮れどきの暗がりを照らします。

西のほうは海です。東にはおさびし山があって、そのまわりをぐるりと川がながれています。
北には緑のじゅうたんのように、大きな森が広がっています。
そして南に、ムーミンやしき。えんとつからけむりがあがっているところをみると、
ムーミンママが朝ごはんのしたくをしているのでしょう。
『たのしいムーミン一家』

ムーミン谷の地図

一本の川が、ムーミン谷をくねりながらぬけ、霧のかかるおさびし山へと流れています。ムーミ
ントロールとスニフは、急な用を言いつかって、いかだでこの川をくだったことがあります。どこ
へ向かったのかって？　おさびし山のてっぺんにある天文台です。

……ふたりはしばらくだまったまま、川の上で足をぶらんぶらんさせてすわっていました。
下では水がどんどんながれていきます。
スナフキンがいちども行ったことのない、行ってみたくてたまらない、いろいろなところへ……
『たのしいムーミン一家』

　川には、ムーミンパパが作った、「手おし車きっかり一台分」の幅の、小さな橋がかかっています。ムーミントロールは、よくその橋の上に立ち、橋の柵にもたれて、川の水をながめています。近くにテントを張って暮らしている親友のスナフキンを待っているのです。

　ムーミン屋敷は谷の中にあり、すぐ向こうには森が広がっています。屋敷からは一本道で海岸へ行くことができ、そこには、ムーミン一家の八角形をした水あび小屋があります。

　ムーミン一家の友だち、おしゃまさんは、冬の間、目に見えない八匹のとんがりねずみと一緒に、この水あび小屋で暮らしています。近くにはムーミン一家専用の桟橋があって、ヨットや船がつながれています。ムーミンたちは遠いところへ冒険に行くこともありますが、いつも必ず、友だちのいるムーミン谷にもどってきます。

　沖にあるのは、ニョロニョロの島。へんぴでさびしい、岩だらけの島です。年にいちど、ニョロニョロの大群がこの島へやってきて、謎めいた集まりを開きます。

ムーミン屋敷

とても小さな家でしたが、ムーミンのやしきにふさわしい、

せのたかい家でした。

『ムーミンパパの思い出』

ムーミン屋敷を見つけるのは、むずかしくありません。高い筒形の建物で、フィンランドで使われている旧式のタイルストーブみたいな形です。森と山々を背に、明るい青い色——ムーミン族の家は、だいたいこの色です——をしているので、とても目立ちます。屋敷は、ライラックのしげみや、ナシの木、ポプラの木がならぶ坂をのぼったところにあります。

　屋敷を建てたのは、ムーミンパパです。最初は二階までしかありませんでしたが、あとから三階と地下室を作りました。家族同然の住人やお客さまのためにも、もっとへやが必要だったからです。屋敷には、ありとあらゆる姿や大きさの友だちや親戚が出たり入ったりして、大にぎわいです。ムーミン屋敷は、多くの人たちにとって心地いい場所なのです。

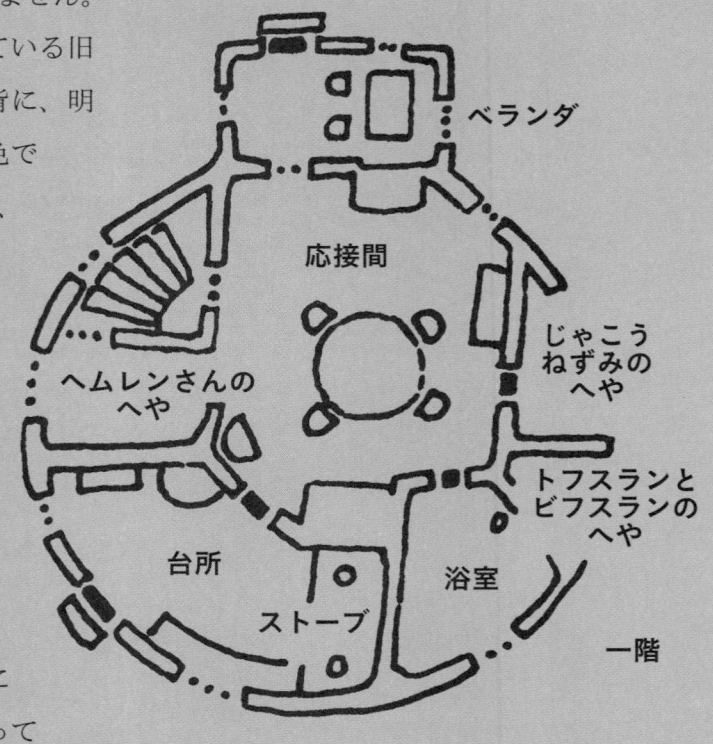

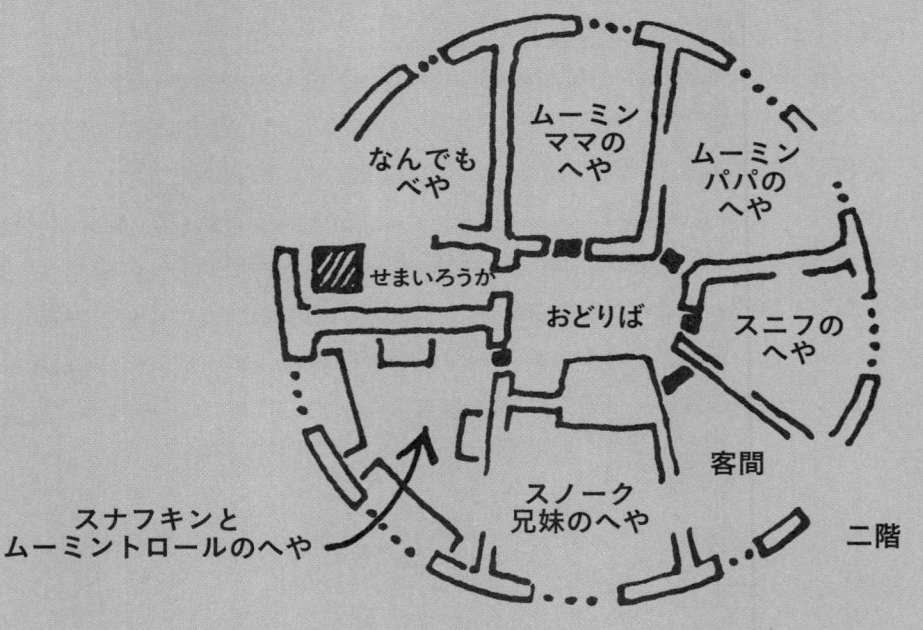

ムーミンと、ちょうどいい場所がそろったら、おつぎにくるのはもちろん、家だ。
わたしはじぶんで家をたてるんだ、わたしだけの家をね！
『ムーミンパパの思い出』

24

わたしのムーミンやしき第一号は、ふしぎなほど早くできあがりました。
きっと、ご先祖さまからうけついだ力によるのでしょうが、
わたしじしんの才能と、見識と、たしかな腕のおかげもあるはずです。
『ムーミンパパの思い出』

一階には、応接間、台所、浴室、そして、いろんなお客さまのへやがあります。二階には、ムーミン一家の寝室と、スニフのへや、スノーク兄妹のへやがあります。いくつかのへやには、暖房用に、屋敷と同じ形の背の高いタイルストーブがあります。台所で暮らしているのは、流しの下の住人と、ムーミンの毛むくじゃらのご先祖さま。ご先祖さまは大ストーブのうしろに住んでいます！

屋敷のどのへやの壁も、明るい色にぬられています。空色や黄色、水玉もようの壁のへやもあります。どこも居心地がよく、くつろげます。窓に縄ばしごがかかっていて、気軽に出入りできるへやもあります。

心たのしくすごすよりもすてきなことなんてありませんし、それくらいかんたんにできることもないのです。
『ムーミン谷の十一月』

　ベランダは、みんながいつも集まっておしゃべりする場所です。朝、ムーミン一家はコーヒーを
手にベランダにこしかけ、そこにいるだれかれとおしゃべりします。ともにムーミン谷をながめ、
もの思いにふけるのにちょうどいい、くつろげる場所です。

まったく、なんという夜だったでしょう！　どこのベランダでも、いっぺんにこれほどにぎやかに、たずねる声、
こたえる声、どよめく声があがったり、だれかとだれかがだきあったり、
ラム・パンチがふるまわれたりしたことはなかったでしょう。
『ムーミンパパの思い出』

　ベランダからは、ムーミンママのじま
んであり、喜びのもとでもある庭が見え
ます。ムーミンママはよく、野菜畑の世
話をしたり、花だんのふちにならべた貝
がらを置きかえたりしています。庭には
大きな池があり、ムーミンパパの木には
ハンモックがつってあります。じゃこう
ねずみは、おふろにつかったりしていな
いときは、よくハンモックに寝そべって、
ゆらりゆらりとゆらしながら、じっと考えごとをしています。

　ムーミン屋敷はこれまでなんども、深い雪に
うもれたり、すさまじい嵐におそわれたり、洪
水で水にしずんだりしたことがあります。でも、
なにが起ころうと、そしてムーミン一家がどこ
に行ったとしても、ムーミン屋敷が特別な場所
であることに変わりはありません。

　下のほうに広がっていたのは、
あのムーミン谷でした。
スモモとポプラの木々のあいだに、
青いムーミンやしきが見えます。
ムーミントロールが出かけたときと
ちっとも変わらずに、
おだやかで、すばらしいながめでした。
『ムーミン谷の彗星』

ムーミン一家と
その仲間たち

ムーミンパパ

ムーミンパパは、ムーミン一家の主（あるじ）ですが、ちょっと世話のやけるところがあります。家族を愛し、みんなが安心して暮らせるよう気を使う一方、ときどき、お気に入りの自分専用のへやにこもってひとりきりですごしたがるのです。考えごとに夢中になってしまう面もあります。人にアドバイスをするのも好きで、思索家（しさくか）を自認し、生きるうえでの難問に頭を悩（なや）ませています。つまり、たいていの父親と同じかもしれません。

ムーミンパパは、とても器用です。ムーミン屋敷（やしき）を建て、ボートを作ったり、修理したりもします。でも、家を切り盛りするとなると、たいして役に立ちません。家事はたいてい、ムーミンママにまかせています。そういう意味では、かなり古風な父親です。いつもかぶっているぼうしも、古風なシルクハット。このぼうしをかぶると、重みがあるように見えると、ムーミンパパは思っています。ステッキを持てば、さらにいいでしょう。ムーミンパパは、ときどきパイプたばこを吸います。そして、しっぽをポケットに入れるという、あまりほめられないくせもあります。といっても、めったに服を着ませんが。

……じぶんのぼうしのことは
しんじていました。
ぼうしは黒くてしっかりしていて、
うちがわにはムーミンママが、
絵の具でこう書いていました
—ムーミンパパへ、ムーミンママより—
これなら、世界じゅうのどのシルクハットとも、
まちがえることはありません。
『ムーミン谷の仲間たち』

さて、ムーミンパパの若いころの冒険（ぼうけん）の話をしましょう。ムーミンパパは、時間があるときは、たいてい「思い出の記」を書いてすごしていました（そして新しい章を書き終えるたびに、家族に読んで聞かせました）。この本はベストセラーになるにちがいないと、ムーミンパパは確信していましたが、そうなったかどうかは、さだかではありません。

「思い出の記」はここで終わりますが、
きっともっとたくさんの、もっと壮大（そうだい）な、
もっとおどろくべき新しい冒険（ぼうけん）が、
これからもわたしを待ちうけていることでありましょう。
『ムーミンパパの思い出』

ムーミンパパの
子ども時代

大きなできごとがぼくを待っている気がします。
命みじかし、世界は広し、なのです。
  『ムーミンパパの思い出』

　　ムーミンパパは赤ちゃんのとき、新聞紙にくるまれ、〈ムーミンみなしごホーム〉の前に捨て
られていました。数年後、ムーミンパパは、〈みなしごホーム〉の経営者ヘムレンさんあて
に別れの手紙を残して、ホームから逃げ出しました。こうして、ムーミンパパの本当の人生がはじ
まりました。世の中に出て、新たな居場所を見つけ、親友もできました。最初にできた友だちは、
フレドリクソンです。それから、スリル満点な冒険の旅に出ました。ムーミンパパが、「わたしは、
ふつうとは少しちがっている」と感じるのも無理はありません。ちっと
もふつうではない日々を送ってきたのですから。

はじめて友だちができたこのとき、
わたしの人生は、ほんとうの意味で
はじまったのでした。
『ムーミンパパの思い出』

ムーミンならだれでもいやがる寒さと暗さをものともせず、
やっと海べへ出たおりもおり、ムーミンママが波にはこばれて、
わたしたちの島へやってくるとは、なんというめぐりあわせだったのでしょう。
『ムーミンパパの思い出』

　ムーミンパパの半生の中で最大のできごと──生き方をまさに百八十度変えたできごと──は、嵐の海でおぼれかけていた美しい女のムーミンを、勇敢にも助けたことにちがいありません。ふたりはすぐさま、恋に落ちました。その女のムーミンが、ムーミンママです。ムーミンパパは、このできごとを「思い出の記」に、例によって、おおげさな調子で書き記しました。

　　　　　すぐれた才能には、うきたつ心がつきものなのです。
　　　　　わたしの心はいつも、新しい天地、新しい出会いをもとめていました。
　　　　　　　　　　　　『ムーミンパパの思い出』

　その後、年を重ね、ほんの少し賢くなったとはいえ、ムーミンパパはいまでも、若いころのじっとしていられない気持ちを持ちつづけています。ふいに冒険心にかられ、ニョロニョロの島や、離れ島にぽつんと立つ灯台（ここには家族を連れていったこともあります）を見に行きたくなります。ムーミンママとムーミントロールは、ムーミンパパがどこへ行くのか、いつも知っているわけではありません。たいてい、ムーミンパパ自身も、自分がどこへ向かっているのかわからないのですから。でもみんなには、ムーミンパパが必ず帰ってくると、わかっているのです。

　ムーミンパパは、自分の考えや経験を話すのが大好きです。これまでいくつもの試練を乗り越え
てきたことを誇りにして、これからも、シルクハットをしっかりとかぶって、試練に立ち向かって
いきたいと思っています。ムーミンパパにとっては、毎日が、どこかわくわくする新しい可能性を
秘めたものなのです。

さあ、ありそうにない世界、
あるかもしれない世界への、
新しいとびらがひらきます。
新しい日には、どんなことだっておこりえるのです。
あなたがしりごみさえしなければ、ね。
『ムーミンパパの思い出』

ムーミンママ

ムーミンママは、いかにもママって感じで、
どこもかしこもまるいのです。
『ムーミン谷の十一月』

ムーミンママは、いつもみんなの世話をし、家族をまとめています。ママのそばにいるだけで、だれでも気持ちがほっとして、くつろぐことができます。ムーミンママは、ムーミントロールやその友だちにたっぷり愛情をそそぎ、小さなねずみでもミムラねえさんでも、あたたかく迎えます。みんなの誕生日を覚えていて、ほしい人にはプディングを焼いてくれます。

ムーミンママは毎日忙しくしていて、たいていはムーミン屋敷で、いつもエプロンをつけ、みんなに食べものや飲みものを出したり、役に立つアドバイスをしたりしています。なにか問題が起きても、ムーミンママがほとんど解決してくれます。彗星がムーミン谷に向かってきたときも、ムーミントロールは、ママがなんとかしてくれると信じていました。

「ママならきっと、どうしたらいいかわかるさ」
『ムーミン谷の彗星』

　ムーミンママは、いろいろなものを作るのが得意です。毎年、ムーミントロールのために、木の皮でおもちゃの船を作ります。ムーミントロールは、この船が大のお気に入りです。ムーミンママは庭の手入れをし、花だんのふちを、きれいな貝がらや本物の金の粒で飾り、服も縫うし、絵だって描きます。はじめて壁に絵を描いたとき、ムーミンママは、自分がとても絵がうまいことに驚きました。

つぎからつぎへと、かべに花がさいていきました。
ばらに、マリーゴールドに、パンジーに、ぼたん……
いちばんびっくりしていたのは、ムーミンママじしんでした。
わたしったら、こんなに絵がじょうずだったなんて。
『ムーミンパパ海へいく』

ムーミンママは、ふだんは、おだやかで陽気で愛情にあふれた、いかにも「昔ながらの母親」らしい役割を完ぺきにこなしています。でも、それだけではありません。あるとき、ムーミンママはムーミンパパに言いました。自分たちは、なにもかもをあたりまえのことだと思いこんでいるけれど、だれしもたまには変化が必要だ、と。ムーミンママは、壁の絵に隠れてしまったこともあります。壁の絵には、魔法がかかっていたにちがいありません。だって、だれもムーミンママを見つけられなかったのですから（ムーミンママは、みんなに呼ばれても、返事をしませんでした）。

自分の時間がほしいとき、ムーミンママはいつも、貝がらを拾いに行きます。ムーミンパパは世話がやけることもありますし、息子のムーミントロールもしょっちゅう危険な目にあっています。でもムーミンママは、人生で起こる思いがけないできごとや自らの過ちから、だれもが多くを学ぶものだと信じています。

「わからないことは、いっぱいあるわ。
だけど、なにもかもが、
いつもとおなじじゃなくちゃ
いけないわけじゃ、ないでしょう?」
ムーミンママはひとりごとをいいました。
『ムーミン谷の夏まつり』

ムーミンママのハンドバッグ

ムーミンママはどこへ行くにも必ずといっていいほど、大きな黒いハンドバッグを持っていきます。このバッグは、ムーミンママにとって、なくてはならないもので、はじめて会ったとき、ムーミンパパにも、それがとてもだいじなものだということがわかりました。

「ハンドバッグ！
ああ、わたしのハンドバッグをたすけて！」
「ごじぶんでお持ちですよ！」
と、わたしがこたえると、
ムーミンママはいいました。
「まあ、よかった！」
『ムーミンパパの思い出』

ハンドバッグの中には小さいポケットが四つあり、
役に立つものがいっぱい入っています。たとえば……

🌼 乾いたくつ下（ムーミンたちは、くつ下をはきませんけれど）

🌼 あまいおかしとチョコレート（いつだって、みんな大好きです）

🌼 糸きれ（必ず役に立ちます）

🌼 おなかの薬（ムーミンたちは、すぐおなかが痛くなります）

🌼 木の皮（おもちゃの船を作ったり、火をおこすとき、
　　ほくちにしたりします）

トフスランとビフスランが、ムーミンママのハンドバッグを持ち出し、中をベッドにして寝ていたことがあります。ふたりは、見つけたものをたのんで借りることはまずありません。たのむなんて、思いつきもしませんから（盗むというわけではありません。じゃあ、なんなのかと聞かれると……うーん、わかりません）。ハンドバッグがなくなったので、ムーミンママはなげき悲しみました。ハンドバッグが消えたことは大問題になり、新聞にのったほどです。

ムーミンママのハンドバッグ なくなる！

手がかりひとつもなし。
ただいま捜索中。
見つけた人がいれば、
これまでで一番盛大な八月のパーティーが開かれる予定。

トフスランとビフスランは、ムーミンママがあまりにしょげているので、「いえしてあげなくちゃ、かけない*」と思いました。ふたりは「ポいさいちケット」で眠るのがたいそう気に入っていたので、残念でしかたありませんでしたが。バッグがもどってきて、ムーミンママは大喜び。こうしてトフスランとビフスランは、パーティーを開いてもらった、というわけです！

「あれがないと、なんにも手につかないの」
『たのしいムーミン一家』

＊ご存知のとおり、トフスランとビフスランは、独特のことばを話します。くわしくは99ページ。

ムーミントロール

「世界一すてきなムーミンで、
わたしたち、とっても大事に
思っているのよ」
『たのしいムーミン一家』

ム ーミントロールは、ムーミンママとムーミンパパのひとり息子で、ふたりにとても愛されています。ムーミントロールは、気さくで誠実で勇敢なムーミンです。あるときは、毛のズボン一本だけを使って友だちのスニフとスナフキンをワニから救い、またあるときは、毒のある植物アンゴスツーラの一種（緑がかった黄色の恐ろしい目を、かっと見開いていました）におそわれていたスノークのおじょうさんを、ナイフ一本で助けました。

　ムーミントロールは冒険が大好きで、スノークのおじょうさんは、もちろんムーミントロールが大好きです。ムーミントロールの親友は、スナフキンです。ムーミントロールは家族や友だちと一緒にいるのが好きですが、スナフキンは毎年秋に旅に出てしまいます。春になると、ムーミントロールはさびしさとじれったさを抱えながら、スナフキンがもどってくるのをいまかいまかと待つのです。

スナフキンは、ムーミントロールのいちばんの
友だちです。ムーミントロールはもちろん、
スノークのおじょうさんのことも大すきでしたが、
女の子の友だちとでは、どこかが
ちがうのでした。
『ムーミン谷の夏まつり』

　ムーミン族はみなそうですが、ムーミントロールも、泳ぐのも水にもぐるのも大得意です。体についている脂肪（しぼう）のおかげで、水の中でも体が冷えずにすむのかもしれません。ムーミントロールは、体が凍（こお）りつきそうになりながら、割れた氷の上からちびのミイを助けたり、ムーミンママやスノークのおじょうさんにあげる真珠（しんじゅ）を採りに、海の底へもぐったりします。洪水（こうずい）で水の下になったムーミン屋敷（やしき）の台所に、朝ごはんをさがしにもぐったこともあります。

　海を見るたびに、ムーミントロールはうれしくなって大声を上げ、泡立（あわだ）つ波間に飛びこんでいきます。

「そうだっけね。さて、ぼく、およごうっと」
ムーミントロールはそういうと、服をぬぐ手間もなしに
（なにしろムーミンというのは、たまにねまきを着るほかは、
服を着たりしないのですから、あたりまえですね）、
くだけちる波にむかって、まっしぐらにかけていったのでした。
『ムーミン谷の彗星（すいせい）』

　ムーミントロールには、現実的な一面もあります。計画を立てるのがうまく、キヌザルにわずらわされたときでも、最後までがんばりぬく力を持っています。

「おさびし山のてっぺんにある天文台をさがしに行くんだ。
世界でいちばん大きな望遠鏡をのぞいて、星を見るんだよ」
『ムーミン谷の彗星』

　ムーミントロールは、家族や友だちに囲まれ、わくわくすることや大冒険（正真正銘の大冒険です！）でいっぱいの毎日を送っています。

「このやぶめ！」とムーミントロールはさけんで、小さなナイフをふりまわしました
（そのナイフは、コルク栓ぬきと、馬のひづめにはさまった石をとる道具もついている、新しいものでした）。
ムーミントロールはしげみのまわりをまわりながら、「この虫けら」だの、「げじげじたわし」だの、
「ドブネズミめ」だのと、大声でののしりました。
『ムーミン谷の彗星』

ムーミントロールの特別な場所

　ムーミントロールはときどき、特別な場所に行って、考えごとをします。たとえば、ムーミンパパのハンモックがつってある木のすぐ横の、池のほとり。ここに生えている、黄色と緑色のこけの上に丸くなって、寝ころぶのが好きです。ジャスミンのしげみの葉っぱのカーテンの陰で、スノークとふたりきりで話をすることもあります。たきぎ小屋も、特別な場所のひとつです。

スナフキン

ずっとうちにいるものもいれば、どこかへ出かけていくものもいます。
むかしっからそうなのです。
『ムーミン谷の十一月』

ス ナフキンは、ヨクサルとミムラ夫人の息子です。ハーモニカを愛する放浪者（ほうろうしゃ）で、いつも自由気ままに旅をしています。緑色のとんがりぼうしをかぶり、着心地のいい古い服を着ています。ものに興味がないので、持ちものはほんのわずか、小さなリュックに入れて全部持ち運べるくらいしかありません。おかげで、気が向いたら気軽にどこにでも旅ができる、というわけです。

　毎年十一月になると、スナフキンはムーミン谷を離（はな）れます。冬をすごすために南へ向かい、春になるとムーミン谷に帰ってきます。ムーミントロールがさびしがるとわかっているので、短いけれど元気が出るような手紙をたくさん書きます（ムーミンたちが冬眠（とうみん）している間は書きませんが）。スナフキンにとって、好きなように旅をする自由は、なくてはならないもの。自由のない生活なんて、想像もできません。

「ぼくは旅人だから、あっちこっちでくらしているんだ」
『ムーミン谷の彗星（すいせい）』

ムーミントロールは耳をぴんとたて、どんな音も聞きもらさないように、しばらくじっとしていました。

それからランプに火をともすと、そろそろと整理だんすへむかいました。

スナフキンの春の手紙を読みたくなったのです。

手紙はいつもどおり、海泡石の小さな路面電車の下にありました。

毎年十一月になると、スナフキンは春の手紙をのこして南へ旅だつのですが、

この手紙もこれまでのものと、ほとんどおなじ感じでした。

『ムーミン谷の冬』

スナフキンの春の手紙

> チェーリオ
>
> よくねむって、元気をなくさないこと。
> 春のさいしょのあたたかい日になったら、
> ぼくはまたここにもどって来るから。
> ぼくが帰るまで、ダムをつくっちゃだめだよ。
>
> スナフキン

だれにもたよらないスナフキンは、ひとりでもの思いにふけるのを好みます。日々の暮らしは、なりゆきまかせ。釣りをするのと、夜、ひとりで散歩してすごすのがお気に入り。スナフキンの目は夜でもよく見えるので、暗くても迷わず歩くことができます。星が一面にちりばめられた夜空を見上げてから、テントで眠るのが大好きです。

「ぼくが見てまわったものはぜんぶ、ぼくのもの。
　地球はまるごと、ぼくのものさ」
　　　『ムーミン谷の彗星』

スナフキンはまた、音楽をこよなく愛しています。フルートとハーモニカを吹き、美しい自然に感動して曲を作ったりもします。スナフキンは、きげんがいいときには、一緒にいるのが楽しい相手です。おもしろい話を聞かせてくれますし、手品も得意なのです。

歌をつくるのにもってこいの夕べだなあ、とスナフキンは思いました。
新しいしらべの一節めは、わくわくした気分、つぎの二節は春のものがなしさ、
そしてのこりはただ、ひとりきりで歩くことがどんなにすてきで、どんなにたのしいかをうたうんだ。
『ムーミン谷の仲間たち』

　スナフキンが大嫌いなものがあるとしたら、それは、規則や決まりごとです。あれこれ指図されるのはどうにもがまんできません。ですから、スナフキンの一番の敵は、公園番のヘムルです。なぜって、公園の中は、いろんなことを禁止する立て札だらけだからです。笑ってはだめ、口笛もだめ、飛んだりはねたりもだめ、おまけに、木登りもだめなのです。

スナフキンはむかしから、
じぶんがやりたいと思うようなことを
「するべからず」といっている看板を、
こわしたくてたまらなかったのです。
もう、ふるえるほどどきどきして、
わくわくしていました。
『ムーミン谷の夏まつり』

　スナフキンは口数が少なく、いつも落ち着いています。もの知りで、たよりがいがあり、権力を持つ者や厳しい自然の力にも、やすやすと降参したりはしませんから、近くにいると安心できるのです。

スナフキンはおだやかで、とてももの知りでしたが、
知っていることをむだにひけらかしたりは、けっしてしませんでした。
ただ、たまに少しだけ、旅の話をすることがありました。
それを聞いた相手は、まるでスナフキンのひみつ結社の仲間に
入れてもらったみたいに、ほこらしい気持ちになるのでした。
『ムーミン谷の夏まつり』

スナフキンのズボン

ムーミントロール、スニフ、スノーク、スノークのおじょうさんと一緒に、ある売店に行ったとき、スナフキンは、新しい（といっても新しすぎない）ズボンはないかと聞きました。でも、見せてもらったズボンはスナフキンに言わせれば、新しすぎ、きれいすぎました。それでもスナフキンは、店のすみっこへ行って、はいてみることにしました。もどってくると、このズボンはもっと古くした方がいい、と言いました。かわりに新しいぼうしをすすめられると、スナフキンはひどくあわててしまいました。

さて、ムーミントロールたちが選んだものの代金を払おうとすると、合計で八マルク七十四ペニヒよりちょっと安いぐらいになりました。スナフキンのほかは、だれにもポケットはないし、ましてやポケットに入っているお金などありません。それにスナフキンも、お金を持っていませんでした。

でも店のおばあさんは、スナフキンが返した新しいズボンは八マルクで、だいたい同じ金額だからと、両方で帳消しにしてくれました。

というわけで、ムーミンたちは一銭も払わずに、ほしかったものを手に入れて店を出ることができました（とても親切なおばあさんですね）。もちろんスナフキンも、自分の古いぼうしとズボンのまま、店を出ました。

「新しいズボンがほしい。といっても、あんまり新しいものじゃなくていいんだ。ぼくの体にしっくりなじむような、のびたやつがすきだから」とスナフキンはいいました。
『ムーミン谷の彗星』

ちびのミイ

「あたいはいつだって、ごきげんか、
おこってるか、どっちかしかないの」
『ムーミン谷の冬』

その名の通り、ちびのミイは、とてもおちびさんです。スナフキンのポケットに隠れたり、ムーミンママの裁縫かごでお昼寝したりできるほど小さいのです。でも、小さな体とは裏腹に、その存在感は抜群です。ミイには、なにひとつ怖いものはありません。思ったことをそのまま口にし、だれに聞かれようと平気です。当然、ミイのずけずけしたもの言いに、まわりの人はいらいらさせられることもよくあります。それに、かみついたり、大声で笑ったり、叫んだりするのも、困ったものかもしれません。

ちびのミイは、夏至の夜に生まれました。母親はミムラ夫人で、ミイという名前は「存在するものの中でもっとも小さいもの」という意味です。ちびのミイとその姉のミムラねえさんは、ムーミン一家の養子となり、ムーミン屋敷でムーミンたちと暮らすことになります。姉妹はけんかもします。それも、しょっちゅう。

やしきのほうでは、ミムラねえさんが大声で妹をよんでいました。
「ミイ！　ミイ！　おちびのミイ！　どこまでわたしをこまらす気？
ミイったらミイ！　いますぐ帰ってらっしゃい、
かみの毛をぎゅーってひっぱってやるから！」
『ムーミン谷の夏まつり』

「おちびのミイは、
　じぶんの身はじぶんで守れるわ」と、
　ミムラねえさんがいいました。
「わたしは、あの子に
　出くわす人たちのほうが、
　心配なの」
『ムーミン谷の夏まつり』

　ちびのミイは燃えるような赤い色の服を着ています。これはミイの、いつも玉ねぎ型に結っている赤毛によく合います。ミイの荒々しい気性も、赤毛によく合います。口げんかのときに、ミイを味方につければ百人力、敵に回すと恐ろしい相手になるでしょう。

　独立心が強く、いたずら好きな性格——言い方を変えれば、ときどきひどく手に負えなくなるということですが——のせいで、ちびのミイは、しょっちゅう自分が困った目にあったり、ほかの人たちをひどい目にあわせたりしています。ときにはとんでもない大ぼらも吹きます（いちどスナフキンに、自分のお母さんは食べられた、と話したことがあります。ミイは知らなかったのですが、スナフキンとミイはきょうだいで、お母さんが同じなのに）。

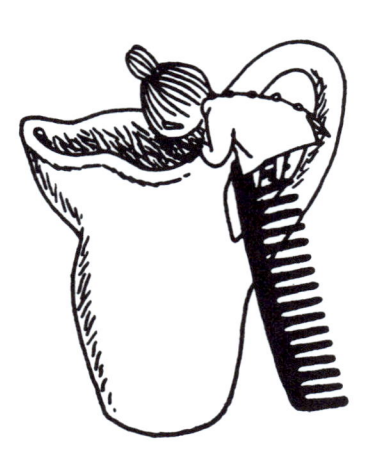

　ゆかのあげ戸から深い水の中に落ちて、おぼれそうになったこともあります。割れた氷の上に取り残されて流されそうになり、ムーミントロールに助けてもらったこともあります。お気に入りのいたずらのひとつが隠れることで、特にミムラねえさんから隠れるのが大好き。いつも騒がしいくせに、その気になればすごく静かにしていることもできるのです。

　　ちびのミイは元気いっぱい、コルクの栓みたいにぷかぷかういて、
　　　すいすいながされていきました。
　　「これ、たのしーい。ねえちゃん、びっくりするだろうな」と、
　　　ちびのミイは思いました。
　　　　『ムーミン谷の夏まつり』

ちびのミイは、しりごみなんてしません。ものすごいいきおいですべって、マツの木の幹にぶつかりそうになると、
少しぐらつきましたが、またバランスをとりもどしました。
それからムーミントロールのところまでおりてきて、キャッキャッとわらいながら雪につっこみました。
『ムーミン谷の冬』

雪の降る冬の日に、台所ナイフをスケート代わりに、おぼんをそ
り代わりにして、とびきり楽しくすごしたこともあります。ミイの
大胆不敵で、とんでもなく無鉄砲で、どんなことだってやってみる
度胸のよさが証明されたわけです。もっとも、証明する必要があっ
たとしたらですが。

いざとなると、ちびのミイは、とても家族思いで勇敢な行動に出ます。
自分がねえさんに意地悪をするのはかまわなくても、ねえさんがライオンにおそわれると思ったら、
すぐさま助けにかけつけます。怖いもの知らずで好奇心旺盛、こうと決めたらあとには引かない、
そんなミイが次になにをするかは、だれにもわかりません。ミイがそばにいると、毎日思いがけな
いことばかり。おまけに、たいていいつも、ひどく騒々しいことになるのです。

ちびのミイは、キンキン声で
どなっていました。
「ねえちゃんがあぶない！
ライオンをやっつけろ！」
『ムーミン谷の夏まつり』

スニフ

「ねえスニフ、きみは、冒険がしたいっていつもいうけれど、
いざはじまってみるとこわくなって、
どうしたらいいかわからなくなるんだね」
『ムーミン谷の彗星』

ス　ニフは、カンガルーにちょっと似ています。大きな耳とほっそりした鼻、長いしっぽがあります。耳が大きいということは耳がいいということで、なにかが近づいてくるのを真っ先に聞きつけるのは、たいていスニフです。スニフはムーミン屋敷に住み、ムーミンたちと同じように冬眠もします。しかも、いつもみんなより一週間は長く眠ります。こんなところもスニフらしいところ。いつだって、人よりいい目を見たがるのですから！　自分だけの部屋をもらっているのは、たぶんものすごいいびきをかくせいでしょう。

　スニフは、ムーミントロールたちと一緒に、陸上でも海でも、とびきりスリルに満ちた数々の冒険に出かけています。もっとも、ときにはひどいへまをしでかすこともあって、特に、一生懸命手伝おうとしているときに限って、そんな羽目になります。スノークの釣り糸をからませてしまったこともあるし、ものを倒すのなんてしょっちゅうです。

ムーミントロールとスニフは、同時にしゃべっていました。
どちらも、じぶんの話のほうを聞いてもらおうと、
どんどん声をはりあげました。
しまいには、スニフがカップをひっくりかえし、
テーブルクロスにコーヒーをこぼしてしまいました。
『ムーミン谷の彗星』

スニフは、キイキイ声でいいました。
「で、でもさ、どんなものに変わるか、わかったもんじゃないだろ！
ありじごくよりずっとあぶないばけものに変わって、ぼくたちをみんな、ばくばく食べちゃうかも」
『たのしいムーミン一家』

　スニフには、幼い子どものようなところがたくさんあります。ぶきっちょで怖がりだし、すぐにじまんして相手と張りあうし、なんでも自分のものにしたがります。人のせいにしようとするし、いつもほめられたがります。それでもスニフはムーミントロールの弟みたいなもので、ふたりは仲よしです。ムーミンママはスニフが甘えてくると鼻先をエプロンの陰に隠してやり、お鍋に残ったジャムをなめさせてあげます。けれども、彗星が地球に衝突するというときにムーミン一家が隠れた洞穴は、スニフが見つけたものでした。山の上で飛行おにのぼうしを見つけたのも、スニフです。多くのものごとに対して——特に海では——幼い子どものように怖がりますが、最後にはムーミントロールのために、みんなの役に立つことをしてくれるのです。もっとも、いかにもスニフらしく、キイキイ叫んだり泣きごとをもらしたりはします。特にニョロニョロや嵐にあったときにはね。

　冒険をする、しかも自分がヒーローとなって冒険をすることを空想している方が、現実のできごとよりも、スニフをひきつけます。スニフは、船酔いだの、手のまめだの、しつこいキヌザルだの、ありとあらゆることに対してぐちをこぼし、しょっちゅう自分をかわいそうに思っているのです。

「発見の旅なんて、もうたくさんだよ」
スニフはなきそうな顔でいいました。
『ムーミン谷の彗星』

スニフは毛布をかぶって、
悲鳴をあげました。
『たのしいムーミン一家』

「わあ！」と、スニフは声をあげました。でも、心のなかでは、まよいにまよっていました。
たとえ、とりかえっこするにしても、じぶんのものを手ばなすのは、おしかったのです。
『たのしいムーミン一家』

　スニフは、ものを手に入れることに夢中になります。とりわけ宝石には目がありません。高価な
ものを見ると興奮して、ぶるぶるふるえます！　これは宝石に限ったことではありません。たえず、
なにか手に入るものはないかと目を光らせています。スノードームでも、古い救命ボートでも。セ
ドリックという犬のぬいぐるみも持っています。もともとは目と首輪の飾りが宝石だったから気に
入っていたようですが、いまは宝石はなくなってしまいました。それでもスニフは、セドリックが
セドリックだから大好きなのです。そういう愛が一番ですね。

　スニフのお父さんは、ムーミンパパの若いころからの友だちのロッドユール、お母さんは、ソー
スユールで、スニフは、お母さん似です（もっともスニフは、ムーミンパパが話してくれるまで、
お母さんのことを知りませんでした！）。お母さんに似て、スニフにはやさしく、
気立てがよいところもあるのです。スニフはとても愛すべき存在で、ムーミ
ン一家の大切な一員です。

「これまでパパたちの話をたっぷりと聞かされてきて、いきなりだよ、
ぼくにはママもいる、っていうんだもの！」
『ムーミンパパの思い出』

スノークのおじょうさん

人によって美しさの基準はまちまちですが、ムーミントロールはスノークのおじょうさんのことを、とても美しいと思っています。そのうえ、スノークのおじょうさん自身もそう思っているようです。体は、薄緑色の柔らかなうぶ毛におおわれ、目はきらきらと輝き、まつげが長く、両耳の間にはかわいらしい前髪がたれています。スノークのおじょうさんじまんの前髪です！　ですから、ニョロニョロたちのせいで前髪が燃えてしまったとき、スノークのおじょうさんがどれほどぞっとしたことか！　幸い、前髪はすぐのびてきました。

　スノークのおじょうさんは見た目を大切にするタイプですが、そういうタイプにはめずらしく、おそいかかってくる食虫植物のアンゴスツーラに向かって大きな石を投げたことは、忘れてはいけません。おじょうさんは、悲鳴をあげて立ちつくしたりはしなかったのです。投げたのは一度きりでしたし、石は、荒れ狂うアンゴスツーラではなく、その木と戦っていたムーミントロールにあたってしまいましたけれど。でもともかく、スノークのおじょうさんは行動を起こしたのです。物語の中で、容姿のことばかりを気にしているわけではないのです。スノークのおじょうさんが、きれいなドレスに目がないのは事実ですが。

「お洋服……ドレス！」スノークのおじょうさんは、そっとつぶやきました。
取っ手をまわしてドアを開け、なかに入りました。
そして、息をのみました。「ああ、なんてすてき！　なんてきれいなのかしら！」
『ムーミン谷の夏まつり』

「ねえ、わたしを守って、おねがい！」
スノークのおじょうさんは小さな声でいいました。
『ムーミン谷の夏まつり』

　スノークのおじょうさんには繊細なところもあり、たいていいつも、大好きなムーミントロールになぐさめと安心を求めます。ムーミントロールのそばにいて、カールした前髪のある頭をムーミントロールのひざにのせるのが好きです。ムーミントロールは、スノークのおじょうさんがこの世でもっとも崇拝するムーミン族なのです。同じように、ムーミントロールも、おじょうさんのことを「この世でもっとも美しいスノークのおじょうさん」だと思っています。スニフは、どっちの言うこともばかげていると感じています。

　ふたりは、一緒に冒険に出かけたり遊んだり、多くの時間をともにすごしています。スノークのおじょうさんは遊びを思いつくのが得意で、たいていの遊びに、美しいヒロインと強いヒーロー（いろいろなタイプのムーミン）を登場させます。

「ごっこあそびをしましょ。わたしが絶世の美女で、あなたにさらわれちゃうの」と、スノークのおじょうさんはいいました。
『ムーミン谷の夏まつり』

「なにかものすごいことを、
わたしひとりでやってのけて、
ムーミントロールを感心させてみたいわ」
『**たのしいムーミン一家**』

けれども、スノークのおじょうさんには、また別の一面もあります。必要に迫られると、頭の回転が速く機転が利くのです。いちど、ムーミントロールを大だこから救ったこともあります。自分の手鏡に光を反射させ大だこの目をくらませたのです。みんながマメルクという巨大な魚をつかまえようとしていたとき、もやい綱（係留やけん引のために、船のへさきについているロープ）を釣り糸に、おにいさんのポケットナイフを巨大な釣り針代わりに、パンケーキを釣り餌として使おう、と思いついたのも、スノークのおじょうさんでした。

「たすけられて、うれしかったのよ。
できることなら、一日八回だって、
あなたをたすけてあげたいくらい」
スノークのおじょうさんは
小さな声でいいました。
『**ムーミン谷の彗星**』

スノーク

「いいことを思いついたぞ。みんな、ぼくについてきたまえ」
『ムーミン谷の彗星』

ス ノークはスノーク族の一員で、スノークのおじょうさんのおにいさんです。もともとの体の色は紫色のようです。分別があり、きちょうめんで、一センチ幅に横線の引かれたノートにメモを取るのが好きです（少なくとも、近づいてくる彗星の記録を取るときは、そういうノートを使っていました）。スノークもスノークのおじょうさんと同様、頭の回転が速く、問題解決の名人です。ヘムレンさんの服をぬがせて気球を作ることを思いついたのは、スノークです。そのおかげでみんなは（ヘムレンさんもふくめて）、せまりくる竜巻から逃れることができました。

　スノークは人生を、そして自分自身のことを、とても深刻に考えています。妹のスノークのおじょうさんが、なにかにつけてえらそうなスノークの鼻をへしおるのは、悪いことではないでしょう。趣味のひとつに釣りがあり、もちろん、これについてもスノークは深刻に考えています。スノークが釣りが好きな理由のひとつに、同じボートに乗っている仲間に命令できることがあるようです。指揮をとるのがなにより好きなのです。少しばかりいばりすぎだ、と思っている人もいるかもしれません。

　「おちつけ！　乗組員諸君、おちつくんだ！　めいめいの配置につけ！」スノークがさけびました。
『たのしいムーミン一家』

　スノークは、いつだってものごとをきちんと進めようとつとめています。どんなささいな問題についても、きちんと会議を行い、議長としてものごとを解決しようとします。スノークとスノークのおじょうさんは、きょうだいなのにこれほど性格がちがうため、いつだってもめたり、言い争ったりしています。それでも、このきょうだいがおたがいのことを好きで、ムーミン谷の友だちのこともだいじに思っているのは確かです。

スノークはいいました。
「ぼくが質問するまで、口をひらかないこと。返事も、はい、か、いいえ、のどっちかだけだ。さて、問題のスーツケースだが、それはきみたちのものかい、それともモランのかい？」
『たのしいムーミン一家』

「こいつって、いつもこんなにこまかいの?」とスナフキンがきくと、
スノークのおじょうさんはこうこたえました。「そうよ、生まれつきなの」
『ムーミン谷の彗星』

　スノークはどんな問題に直面しても、全力で取り組むことでしょう。力を貸してほしいとたのめば、ものごとをうまく解決してもらえるはずです。ただし、スノークにはスノークのやり方があることを忘れてはいけません。

「スノークのおじょうさん、きみはちっともまじめに考えないんだね。
話をそらさないでくれないかい?」スノークがいいました。
『ムーミン谷の彗星』

スノーク族とムーミン族の見分け方

　スノーク族は、ムーミン族とほぼ同じに見えます。スナフキンは、ふたつの種族は親類にちがいないと考えています。それでもひとつ、大きなちがいがあります。白黒で描かれたスノーク族とムーミン族の絵を見くらべるなら、よほど親しい友だちか、専門家でない限り、どちらがどちらかを見分けるのはむずかしいでしょう。ところが、スノーク族は体の色が変わるのです。しかも、しょっちゅう。ムーミン族の体はいつも白……少なくともムーミン谷のムーミン一家はそうなのですが、スノーク族は気分によって色が変わるのです。

　スノークのおじょうさんの本来の色は、薄緑色です。一方、スノークのおじょうさんがアンゴスツーラにおそわれ、ムーミントロールがペンナイフで戦っていたとき、おにいさんのスノークは「恐ろしさで緑色に」なりました。スナフキンが最初に会ったとき、スノークは紫色でした。スノークのおじょうさんは、なくした金の足輪をムーミントロールに見つけてもらったとき、うれしくて体がピンク色になりました。けれども近づいてくる彗星のことを心配しはじめると、スノークのおじょうさんの体は紫色に変化したのです。こんなふうにスノーク族は、色の変化がとてもややこしいのです！

「スノークたちの体は、ありとあらゆる色をしているんだ。
イースターのたまごみたいにね。
それに、気持ちによっても、色が変わるのさ」
『ムーミン谷の彗星』

スノークのおじょうさんは、ためいきをつきました。
「ああ！　あの貝がらを、わたしのおうちにしたい。
あんなふうにささやいてるのがだれなのか、
なかに入ってたしかめたいわ」
『ムーミン谷の彗星』

ヘムル族と
ヘムレンさん

ヘムレンさんはいつも、おばさんのおさがりの
ワンピースを着ています。
ヘムルはみんな、ワンピースを着るようです。
変わっていますね。だけど、そうなんです。
『たのしいムーミン一家』

ムーミン谷とそのまわりに
はヘムル族がおおぜい住
んでいて、どのヘムルも「ヘムル」や「ヘ
ムレン」と呼ばれていますから、だれがだれだか区別
しづらいでしょう。でも見ればまず、ヘムル族だということはすぐにわかります。ムーミン族と
同じように大きな鼻をしていますが、背が高く、やせ形です。ほかにも、ムーミン族とちがうと
ころがあります。目がピンク色で、とがった耳はなく、頭のとちゅうから髪(かみ)が生えていること、
また、足が大きくて、平たいことです。ヘムル族はみな、服を着ていて、そのうちの九十九・九
パーセントがワンピースのようです。どうやら、ズボンをはこうなどとは考えたこともないらし
いのです。

　ヘムル族はたいてい、秩序(ちつじょ)と組織を好みます。規則はとても大切だと考え、規則を守り、ほか
の人たちにも守らせることに全力をつくします。ムーミン谷一賢い(かしこ)生きも
のというわけではなく、ものごとを理解するのに時間がかかることもあり
ます。けれども、こだわりを持つ専門分野──ヘムル族はものを分類する
のが好きなのです──においては、大変知識が豊富です。

　それでもヘムレンさんは、朝から晩までまる一日、ものをきちんと整理したり、
整頓(せいとん)したり、だれかにああしなさい、こうしなさいといったりして、すごすのでした！
『ムーミン谷の十一月』

そのヘムレンさんの仕事は、入場券にパチンと穴をあけることでした。
おなじ券で、二回も三回もあそべないようにするためです。
『ムーミン谷の仲間たち』

　ヘムル族は収集家です。切手や植物や昆虫などの膨大なコレクションを作るのが大好きで、できるかぎり完ぺきなコレクションにしようとして時間をかけています。この趣味に没頭するあまり、周囲で起きていることに気がつかないことも。また、がんこでいちずな面もあります。

　規則を守り、守らせる者として、ヘムル族はそのまじめさで知られています。ユーモアのセンスはゼロに等しく、冗談は通じません（とはいえ、ためしてみる価値はあるかもしれません）。それでも、ヘムル族は人づきあいを嫌いませんし、たいていのヘムルは親切でおだやかな性格です。

たいていのヘムルは、
ちょっとばかりのみこみが
わるいのですが、
おこらせたりしないかぎり、
けっこう感じはいいのです。
『ムーミン谷の彗星』

よく知られているヘムル

　まじめで規則にうるさいヘムル族は、責任と権威のある仕事についていることが多く、警官や公園の番人はヘムル族にうってつけの職業です。いい保育士にだってなれます。厳格でえこひいきしないという流儀の保育士ですが（そして、そのやり方が世話される子どもたちに合うとは限りません）。背が高く、決まりごとにやかましいこのきまじめな生きものは、ムーミンたちの世界では、大人に近い存在と言えるでしょう！　ムーミンパパは小さいころ、〈ムーミンみなしごホーム〉の経営者であるヘムレンさんの世話を受けていました。この章では便宜上、それぞれのヘムルを、仕事や、ヘムルたちの興味の対象によって、名づけています。
けれども、もしこのヘムルたちに会う機会があった
としても、みな、ただ「わたしはヘムルです」
と名乗るだけでしょう。

公園番とおかみさん

芝生はぐるりと柵にかこまれていました。
その柵には、看板がいくつもかかっていて、
大きな黒い字で、あれこれ、
いろいろなことを「するべからず」
と書いてありました。
『ムーミン谷の夏まつり』

　公園番とそのおかみさんは、ぱりっとした制服姿で公園の中を見まわっています。規則を破るものはいないか、見張っているのです。ふたりは、あらゆるところに「べからず」と書いた立て札を立てました。ですからだれも、笑ったり、走ったり、楽しんだりしないのです。公園にあるものはすべて、垂直に立つ囲いから芝生の葉一枚一枚にいたるまで、まっすぐで、欠けたところがなく、

行儀よくならんでいます。わざわざ出かけようとは思わない、とてもつまらない公園です。公園番とおかみさんは、だれかが、とりわけ森の子どもたちが、遊ぶ必要があるとは理解できません。たとえ子どもたちが、どうしても遊ばなければならないとしても、自分たちのだいじな公園で遊ばせてなるものか、と思っているのです。スナフキンが昔から公園番が大嫌いで、公園の立て札を全部引っこ抜いたことがあるのも、しかたのないことでしょう。さらにスナフキンは、公園じゅうに、ある種をまきました。種からはニョロニョロが生えてきて、公園番は、電気ショックをたっぷりと受けることになりました。

おまわりさんと小さなヘムル

　おまわりさんのヘムルは、警官の制服とぼうしをじまんげに身につけた、大きなヘムルです。牢屋番の資格も持っていて、人を牢屋に入れるのも仕事です。このヘムルは、ムーミントロールとスノークのおじょうさんとフィリフヨンカを、公園の立て札をたき火で燃やした罪で逮捕し——フィリフヨンカのことは、髪の毛をつかんで引っ立てたのです！——ずっと見張りました。かなり怒りっぽいたちで、最後に目撃されたのは、小さなボートに乗ってスナフキンを追いかけていく姿でした！

　小さなヘムルは、小さくて、おどおどしていて、おまわりさんのヘムルからすれば「ほんとに役に立たない」子です。お手伝いさんの格好をしていて、いとこのおまわりさんのために働いているようです。なにを作るあてもなく編みものをするのが好きで、牢屋の見張りをするのは、あまり得意ではありません。

　こんどは、あの大きなヘムルがさけびました。
　「囚人どもをとらえろ！　やつらは、
　公園の看板をぜんぶもやしたうえに、
　公園番をビカビカに光らせたんだ！」
　『ムーミン谷の夏まつり』

「世界じゅうでひとりだけ、どうしても気にくわないやつがいる。
それが公園番さ。『べからず』とばかり書いてある、やつの看板を、ぜんぶひっこぬいてやる」
『ムーミン谷の夏まつり』

切手収集家と植物学者

「切手はもう、エラー切手にいたるまで、集めとらんものがない。
ただの一まいもだ。さて、つぎはどうすればいい?」
『たのしいムーミン一家』

　切手を集めているヘムルは、「ヘムレンさん」と呼ばれています。ヘムレンさんは、世界じゅうの切手を集めてしまったことに気づくと、なにかほかのものを集めなくては、と思い立ちました。もはや「集める人」ではなく、ただのコレクションの持ち主になってしまったからです。ヘムレンさんは、次に植物学者になって、草や木の研究をすることに決めました。ですから、かつて切手収集家だったヘムレンさんと、いま植物学者であるヘムレンさんは、同じひとなのです。

　小さなスコップと緑色の植物採集箱、虫めがねを持ったヘムレンさんが、植物をさがし、目にしたあらゆる種類を採集し、ラベルを貼り、分類して、目録にしている姿を、ムーミン谷で見かけることがあるでしょう。

「この標本が、わしのコレクションの二百十九番めだ！」
『たのしいムーミン一家』

〈ムーミンみなしごホーム〉の経営者とヘムレンおばさん

「わたしゃ、ヘムルのおばさんですよ。知りあいには、まっとうなおとなしかいませんよ」
『ムーミンパパの思い出』

このヘムル族は、〈ムーミンみなしごホーム〉を作りました。わびしい真四角な造りのこの建物は、ムーミンの孤児や（ムーミンパパのような）望まれない子どもたちのための家です。ヘムレンさんは、規則にのっとって手際よくすべての子どもたちの面倒を見ていましたが、その世話のしかたは、愛情深いとは言えないものでした。たとえば、子どもたちの小さなしっぽに番号のついた印をつけ（おじぎするときは、しっぽは四十五度の角度に持ちあげなければなりません）、洗濯物はどっさりおしつけても、キスはめったにしてくれない、といった具合でした。

ムーミンパパは、のちにヘムレンさんを海で助けたとき、〈ムーミンみなしごホーム〉のヘムレンさんだとすぐにわかりました。けれど、助けてもらったヘムレンさんは、まったくの別人だ、ムーミンパパのことは知らないし、自分のことはヘムレンおばさんと呼んでほしい、と言いはるのです。ふたりのヘムルは、めがねといい、ワンピースといい、本当にそっくりなのに！　ヘムレンおばさんもたいそう厳しくて、ムーミンパパたちの暮らす船に乗せてもらったとたん、全員に早起きをさせ、体にいい食事をとらせました。そんなわけで、おばさんが思いがけずニブリングの大群に連れ去られたときには、だれもおばさんを助けようとしませんでした。

　ムーミンパパはこのことで気がとがめていましたが、そんな心配は無用でした。おばさんはニブリングたちとすばらしい日々をすごしているとわかったからです。おばさんはニブリングたちに、教育遊びや、外で体によい運動をたくさんさせました。実のところ、ニブリングたちはおばさんのことが大好きになり、ニブリングの女王として迎えたほどです。おばさんはいまもまだ、ニブリングたちを治めています。

　さあ、このふたりは、同一人物なのでしょうか？　それは、だれにもわかりません。

> 「あんたはミルクをお飲みなさい、体にいいから。前足がふるえたり、ヤニで鼻が黄ばんだり、
> しっぽがはげたりする心配もなくなりますよ。タバコをすってると、そうなるんですからね。
> あんたたち、わたしを船にのっけてよかったじゃないの。
> これからはなにもかも、きちんとやっていきますよ！」
> 『ムーミンパパの思い出』

スキーをするヘムレンさん

　それからヘムレンさんは、
斜面をいきおいよくくだっていきました。
こわいくらいのはやさです。
半分までおりたあたりで、
きらきらする雪けむりをあげてまがり、
べつの方向へすべっていきました。
それから大きな声をあげて、
もとの向きにもどりました。
　　　　『ムーミン谷の冬』

　雪におおわれた真冬のムーミン谷にやってきたのは、ほかのヘムル族とはまったくタイプがちがうヘムレンさんでした。このヘムレンさんは、スカートをはいていないし、きまじめでもなく、規則には従わず、コレクションもしない、とてもめずらしいヘムル族でした。おまけに、自分の到着をらっぱを吹きならして知らせたのです。体の大きな陽気なヘムル族で、このときはスキー用の、黒いジグザグ模様の入ったレモン色のセーターを着て、リュックサックとスキーのストックをさっそうとかついでいました。

　このヘムレンさんは、元気でじょうぶなことがすぐさまわかりました。凍えるように冷たい川に飛びこんで、体をきたえはじめたのです。続いて、雪のつもった斜面を、スキーで猛スピードですべりおりました。あんまり速いので、ちびのミイはすっかり感心しました。実際、ものすごく感心したミイは、ヘムレンさんにスキーを教えてほしいとたのみました。

　このヘムレンさんは、根はいいヘムル族なのですが、最後にはほぼ全員をうんざりさせてしまいました。外の新鮮な空気の中に出なさい、とみんなをせっついて、のんびりと午後をすごす邪魔をしたからです。体も声も大きく、血気さかんなヘムレンさんが、おさびし山にもっといいスキー場をさがしにいく、といってムーミン谷を去っていったときには、ほとんど全員が安堵のため息をついたのでした。

　「いいかね、生きていくうえで、家にとじこもってばかりいることほど、きけんなことはないんだぞ」
『ムーミン谷の冬』

ご先祖さま

「あれはトロールよ。
あんたたちムーミンが、ムーミンになる前は、
ああいうトロールだったの。
千年前のあんたたちは、
あんなすがただったのよ」
『**ムーミン谷の冬**』

ムーミン屋敷の大ストーブのうしろに、奇妙な小さい生きものが住んでいます。流しの下に住む、ブラシのような眉毛を持つ生きものとは、ちがうものです。ストーブのうしろの小さな住人は、灰色の長い毛におおわれています。ムーミンの鼻に少し似た大きな鼻をしていて、先っぽにふさふさの毛がついた黒くて長いしっぽが生えています。ストーブの住人とムーミン一家は、親戚どうし——同じ家系ですが、何百年ものへだたりがあります。この生きものはトロールで、ムーミン一家の先祖であり、ムーミン族が千年前にはこうだったろうと思われる姿をしているのです。ご先祖さまが、なぜまだこうして生きているのかは、ムーミン谷の多くの謎のひとつです。

　かつてムーミン族は、ストーブのうしろに住んでいました。そんなわけで、ムーミン屋敷の大ストーブは、ご先祖さまのお気に入りの場所なのです。

鼻だけはなんとなく、あのトロールににています。
でも、千年もむかしには、もしかしたら……?
『**ムーミン谷の冬**』

その晩、ムーミントロールのご先祖さまは、とてもしずかに、
でも、びっくりするほど大がかりに、家のもようがえをしました。
『ムーミン谷の冬』

　ムーミントロールが最初にご先祖さまを見たのは、水あび小屋の
中で、ご先祖さまは、戸棚の中に隠れていました。見つかったとた
ん、ご先祖さまはムーミン屋敷へ逃げていきました。そしてムーミ
ン屋敷で最初の夜にしたことと言えば、家じゅうの模様替えでした。ソファ
の向きを大ストーブの方へ変えたり、壁にかかっていた気に入らない絵（もしかすると
気に入った絵なのかもしれませんが）を、さかさまにかけたりしたのです。部屋の中をめちゃめちゃ
にしたというわけではなく、家具や絵の模様替えには、ある傾向がありました。ですから、ご先祖
さまが居心地よくしようとしているのだと、おしゃまさんにはわかったのです。冬のさなかだった
ので、家にいた者は、ほとんどがぐっすりと冬眠していました。

　ご先祖さまは、現代のムーミン族とくらべると、
高いところによじのぼるのがずっとじょうずで
す。体が小さくて、ぽっちゃりしたおなかがない
ため、長いしっぽでうまくバランスを取り、すば
やく動いて、身軽によじのぼれるのです。また、
ムーミンよりもサルに近いのか、高いところから
ひょいと飛びおりるのも得意でした。けれどもご
先祖さまは、たいていは、ストーブのうしろの暗
い、居心地のいいすみかに隠れているのを好みま
した。ことばは話しません（耳を動かすことはで
きます）が、ときどきご先祖さまがたてる、がた
がたという音が聞こえることがあります。ご先祖さまは、だれもたよらず、なにをするかわからな
い、興味深い生きものです。そして、ムーミン谷に住むほかの多くの生きものと同じように、なに
をするのも自己流です。

　その生きものは、とたんにうごきだし、風のようにさっとムーミントロールのそばをすりぬけて、
どこかへ行ってしまいました。
『ムーミン谷の冬』

　ムーミン一家は、ご先祖さまを守ってきました。ムーミンママは、冬眠（とうみん）している間に屋敷（やしき）をたずねてくる人に向けて、こんなメモを書いておきます。

　スクルッタおじさんは、ご先祖さまのことを知ると、自分よりもさらに年を取った生きものがいることに、興味をそそられました。そして、ご先祖さまのためになにかしようとしたり、ご先祖さまだと思いこんで、鏡に写った自分の姿に話しかけたりしました（スクルッタおじさんは少し近眼です）。

中にご先祖さまが
住んでいるので、
ストーブを
たかないように

「さてと、わしは、なかよしのご先祖さまと、
おしゃべりをしに行くとするかね。
やっこさんは、ようわかっとる。
おまえさんたちはすきかってに考えるだけじゃが、
わしらはわかりあっとるんだ」
『ムーミン谷の十一月』

ムーミンの親戚と友人たち

ム ーミン谷の住人の多くは親戚どうしですが、自分がだれとどんなふうにつながっているのか をだれもが正確に知っているわけではありません。たとえば、ムーミンパパが「思い出の記」 を朗読するのを聞いて、スニフ（父親はロッドユールです）ははじめて、自分の母親がソースユール だと知りました。そして、自分がソースユールにそっくりだと気づいて、驚きました！

　スナフキンも、自分がちびのミイときょうだいだと気がつきました（これは、だれもが驚くこと だと思いますが）。つまり、ミムラねえさんは、ふたりのおねえさんだということです。

　ムーミン谷の親戚関係はけっこう複雑ですが、ムーミン一家は、そんなことは気にせず、みんな がひとつの幸せな大家族であるようにふるまいます。

　次のページの図は、ムーミン一家の親戚どうしの関係や近しい友人関係を表しています。厳密な 系図というよりは、覚え書きのようなものです。もしあなたの好きな登場人物がいなかったら、ちょ うどいい場所にあなた自身で入れてみてください。

ムーミン族（だけではない、近しい人も入れた）図

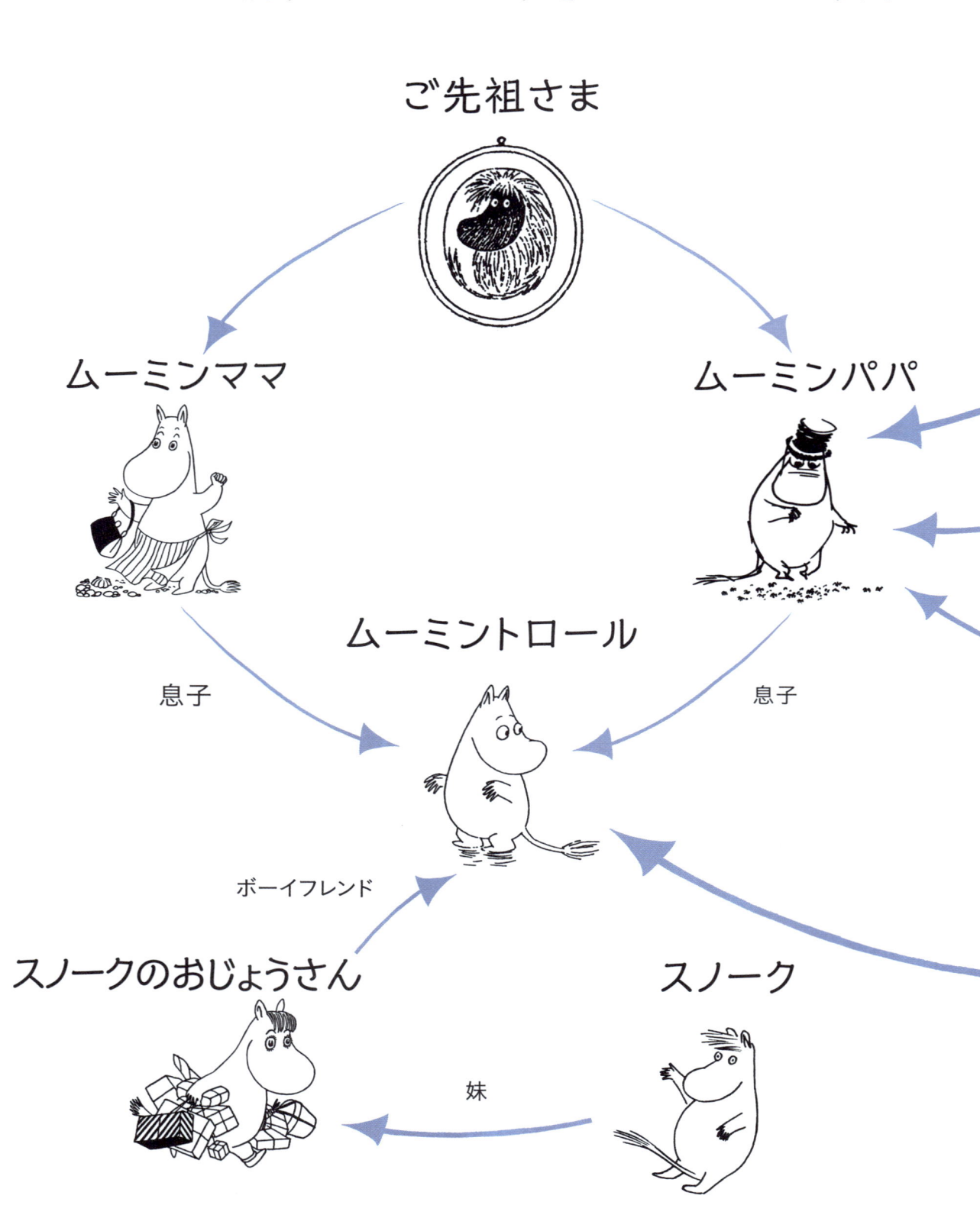

ご先祖さま

ムーミンママ

ムーミンパパ

ムーミントロール

息子

息子

ボーイフレンド

スノークのおじょうさん

スノーク

妹

フレドリクソン

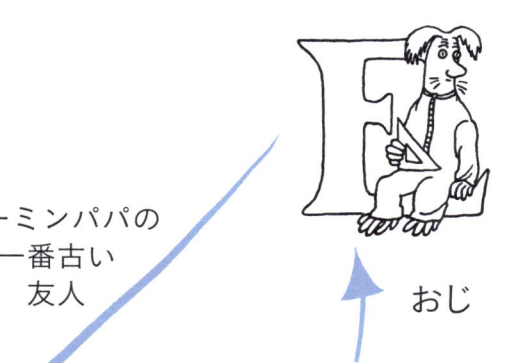

フレドリクソンの行方不明の兄

弟

おそらくロッドユールの父親で、春の大掃除の最中に行方不明になった。

ムーミンパパの一番古い友人

おじ

ロッドユール

ソースユール

スニフ*

ロッドユールと結婚

母

ムーミントロールの仲のよい友人

ムーミンパパの古い友人

父

ロッドユールの友人

ヨクサル

ミムラ夫人

34人の幼い子どもたち

ムーミンパパの古い友人

息子

娘

娘

父

スナフキン

ちびのミイ*

ミムラねえさん*

親友

半分きょうだい

姉

*スニフとちびのミイ、ミムラねえさんは、たいていムーミン一家と一緒に暮らしています。

ムーミン族の歴史

ヘルシンキにて　1878　3.10

ト　ロールは、千年以上もの間、北欧伝説の中で重要な位置をしめてきました。ムーミンママは
イギリスの子どもたちにあてた手紙の中で、トロールというのは、たいてい小さな体をして
いて、はずかしがりやで毛むくじゃらです、と書いています。いまでも森にはトロールがたくさん
住んでいますが、そうかんたんに見つけられるわけではありません。

The greatest difference between them
and us is that a moomintroll is smoooth
and likes sunshine. The ~~usual~~ common
trolls pop up only when it's dark.

トロールとムーミントロールの一番ちがうところ
は、ムーミントロールの方が、毛がみじかくて体が
なめらかで、お日さまの光が好きなところです。
ふつうのトロールは、あたりが暗いときに外へでて
くるものです。

94

ムーミン族は、小さくて毛むくじゃらのトロールの子孫です。年月を経て、体が大きくなり、ぽっちゃりしたすべすべした生きものへと進化したのです。毛の長いご先祖さまは、本来のトロールの姿に近いと言えるでしょう。

ホムサ・トフトは、いすのはしっこにちょこんとこしかけて、
つくえの上にかかっただれかの肖像画をじっと見つめました。
灰色で毛むくじゃらでしっぽがあって、目と目のあいだがせまい肖像です。
『ムーミン谷の十一月』

ムーミン一家は、ご先祖さまをとても誇りに思っていて、ご先祖さまの肖像画を応接間の壁にかけています。それに、たいていは屋根裏にしまってありますが、一族のアルバムもあります。これには、ちゃんとしたムーミン一族の写真ばかりがおさめられています。1878年の写真を見ると、大人が三人と若いムーミンふたりが恐ろしく眉をしかめて大まじめで写っています。ムーミンパパは〈ムーミンみなしごホーム〉の玄関先に新聞紙にくるまれ捨てられていたということ、パパは自分の家族のことをまったく知らないということから、写真や肖像画のムーミンたちは、ムーミンママの先祖だと思われます。とはいえ、それより古い一族の歴史は、よくわからないということに、ムーミントロールは気づきました。

トフスランとビフスラン

トフスランは赤いぼうしをかぶり、ビフスランはすごく大きなスーツケースを持っていました。
『たのしいムーミン一家』

ある日のこと、はずかしがりやの小さな生きものがふたり、手をつなぎ、スーツケースを持って、ムーミン谷にやってきました。トフスランとビフスランです。ふたりはそっくりなので、慣れない人にはどちらがどちらかわかりません。いつも小さな赤いぼうしをかぶっている方がトフスランだと覚えてください。みんな、ふたりが遠くからやってきたことは知っていますが、どこから来たのかは知りません。最初、ムーミンママはジャガイモ置き場にいたふたりを、ねずみとまちがえました。それからスニフに出会ったふたりは、ムーミン屋敷に引っ越してきたのです。そして、ベッドよりも居心地がいいからと、引き出しの中で眠ることにしました。

トフスランとビフスランは、おかしな話し方をします。ふたりは、おたがいになにを話しているのかちゃんとわかるのですが、たいていの人には、なにを言っているのかわかりません。けれども、もと切手収集家で植物学者のヘムレンさんは、ふたりのことばをすぐにマスターし、あっという間に話しはじめました（トフスランとビフスランは、単語の最初の文字を、次の単語の最初の文字と入れ替えて話します）。

ふたりは、トフスランとビフスランならではの、変わったしゃべりかたで話しながら、谷へぶらぶらおりてきました（このことばは、だれにでもわかるわけではありませんが、大事なのは、ふたりのあいだでは、ちゃんとつうじることでした）。
『たのしいムーミン一家』

「公平でなくてはいけないよ。
トフスランとビフスランは、
いいこととわるいことの区別が
つかないんだから、なおさらだ。
そんなふうに生まれついたんだから、
しかたないのさ」
『たのしいムーミン一家』

　トフスランとビフスランは、気に入ったものはなんでも自分のものにしてしまうくせがあります。そしてそれは、ほかの人のものだったりもします。ふたりはムーミン谷にやってきたとき、スーツケースの中に、とてつもない価値のある「ルビーの王さま」を隠していました。モランと飛行おにもルビーをほしがりましたが、トフスランとビフスランはぜったいに自分たちで持っていようと決めて、そのとおりにしたのです！

　ムーミンママのハンドバッグがなくなったときも、トフスランとビフスランが、バラの茂みからバッグを引っ張り出して、ママに返しました。ムーミンママはたいそう喜び、そもそもふたりがバッグをとったのだということには、気がつきませんでした。ふたりにとってバッグは、気持ちのいいベッドだったのです。

　　　　ビフスランは、ためいきをつきました。
　　　「やえして、からなくちゃね。ざんて、なんねん！
　　あのポっちゃいちケットでねるの、気持ちよかったのになあ」
　　　　　　『たのしいムーミン一家』

「こっかくて、でみがわるくて、きわいやつ！　入ってこないよう、戸じまりしてね」
と、ビフスランがいいました。

『たのしいムーミン一家』

　小さくてはずかしがりやのトフスランとビフスランは、なんでもないことでもすぐ不安になります。はじめてムーミンママと会ったとき、ママが「コーヒーですよ」とみんなを呼ぶ声を聞いただけであわてふためき、ジャガイモ置き場に逃げこんでしまいました（そのため、ねずみとまちがわれました）。「ルビーの王さま」の行方を追うモランには、ふるえあがっていました。もっとも、モランのことは、ムーミン谷の生きもののほとんどが怖がっていましたが。

　トフスランとビフスランは、いつも小さな声でふたりで話しています。なにか悪さをたくらんでいて、だれにも聞かれたくないのかもしれません。ひとつ確かなことは、トフスランがビフスランと一緒にいないときも、ビフスランがトフスランと一緒にいないときもない、ということです。ふたりは、離れられない仲なのです。

トフスランとビフスランのことばを理解する方法

文章の中で一番だいじな単語の最初のひとつか、ふたつか三つ目までの文字を、次の単語の文字と入れ替えます。たとえばこんなふうに。

✸ としよりの　ネカな　バズミ＝としよりの　バカな　ネズミ
✸ にべものの　たおいが　する＝たべものの　においが　する
✸ いみと　きっしょ＝きみと　いっしょ
✸ どうい、よん！＝ようい、どん！
✸ せー、あいせいした！＝あー、せいせいした！

ほら、かんたんでしょう？　これでもうわかりますね。があ、さんばって！

ミムラねえさん
（ミムラのむすめ）

ミムラのむすめは、ミムラ夫人のむすめなので、こういう名前で呼ばれています。わかりやすいですよね？　けれども、ややこしいことに、ミムラのむすめも「ミムラ」と——つまり、母親と同じ名前で呼ばれることがあることです。ムーミン谷の生きものは、その種族の名前で呼ばれることが多いせいで、こういうことが起こります。ミムラ夫人もミムラのむすめ（「ミムラねえさん」とも呼ばれています）も、ちびのミイも、全員ミムラ族です。これは、ムーミンパパもムーミンママもムーミントロールも、みなムーミン族であるのと同じです。

ですから、ミムラのむすめを「ミムラねえさん」、そして母親のミムラを「ミムラ夫人」としましょう。わかりやすくなったでしょうか？

「ミムラに生まれて、よかったわ。頭のてっぺんからつま先まで、すごーくいい気分」
『ムーミン谷の十一月』

　ミムラねえさんは、おおぜいのちびっこミムラたちの一番上の姉ですが、一緒にムーミン谷へ引っ越してきたのはちびのミイだけでしたから、ちびのミイには特に責任を感じています。いたずら好きなちびのミイの面倒をしっかりと見ようとして、もちろん、かなりいらいらさせられています。以前ミムラねえさんは、お母さんの手伝いをして、弟や妹全員（なんと三十人以上います）を洗ってやったり、寝かしつけたりと世話をやいて

いたことがありました。けれども、ずっと、別の生きがいを見つけたいと思っていました。そしてムーミンパパと知りあったとき、一緒に旅に出て、世の中のことを知りたいと考えたのです。こうして、ちびのミイと一緒に、ムーミン一家と暮らすようになりました。

「ママが行ってしまう前にね、わたしにいったの。
『妹のことは、あんたにまかせたわ。あんたにしつけられないのなら、だれにだってむりでしょうね。
ママはもうとっくに、さじを投げたの』って」
『ムーミン谷の夏まつり』

ミムラねえさんのじまんは、つやつやした長い髪です。ミムラ風におだんごにまとめあげる前に、くしで髪をとかすのが好き。いつも赤いブーツをはいていて、特別な日には、羽の襟巻きを巻きます。好きな色はピンクです。

ミムラねえさんは、じぶんの長い足と、
赤いブーツがお気に入りでした。
頭のてっぺんには、ミムラらしく
高だかとまとめた髪が、のっかっています。
つやつやとした赤みがかった黄色の髪が、
かたくまるめてあって、まるで小さなタマネギのようです。
『ムーミン谷の十一月』

ミムラねえさんは、早く大きくなって世の中に出て、わくわくするようなことをしてみたい、とずっと思っていました。ミムラ夫人と一緒に住んでいたころは、たいくつして、いつも家を出ていきたいと思っていました。ミムラねえさんはパーティーが大好きで、ダンスが得意です。

「でも、わたしは帰らないわ、大きくなるまではね。
ねえ、フレドリクソンおじさん、
ミムラをものすごく大きくするものを、
なにか発明してくれないかしら?」
『ムーミンパパの思い出』

「ねえ知ってる？　わたしはね、貝のなかから生まれたのよ。
ガラス鉢でおよいでるわたしを、ママが見つけたとき、わたしは、ミジンコくらいちっちゃかったの！」
『ムーミンパパの思い出』

　ミムラねえさんのユーモアのセンスには、光るものがあります。よく冗談を言ったり、いたずらしたり、人をからかったりします。また、ありそうもないことなのに妙に真実味のある、いろいろな話をします。ミムラねえさんのおじさんがひげの中に二匹の白ねずみを飼っているなんて、本当でしょうか？（考えただけで、わたしのあごひげまでむずむずしてきます。わたしのあごひげは量が多いので、八匹くらい飼えそうなんです！）ミムラねえさんのとんでもない作り話には、妹のちびのミイですら、かなわないのではないでしょうか！

　ミムラねえさんは、なんでもとことんやってみます。人生をこよなく愛し、小さなことにも喜びを見出します。なによりも、ミムラであることを本当に気に入っているのです。

橋の上でねそべって、ながれる川をながめてもいいのです。
かけまわってもいいし、赤いブーツの足で、
沼をジャバジャバわたってもいいのです。
まるくなって、屋根にあたる雨の音をきくのもすてきです。
たのしくなれることなんて、いくらでもあるのです。
『ムーミン谷の十一月』

ミムラ夫人*

*絵の中のミムラ夫人を見つけられますか？　どこかにいますよ！　若かりし日のムーミンパパ、フレドリクソン、おばけ、ヨクサル、ミムラねえさん、それにうみいぬ（舷窓をのぞいてみてください）、それから小さな子どもたちもいます。きっとミムラ夫人もいるはずです。

ミムラ夫人はめったに登場しません。姿が見えないのは、孤独が好きだからではなく、子どもたちに囲まれているせいです。子どもの数が多すぎて、姿が見えないのです。おおぜいの子どもたちの面倒を見るのは大変な仕事です。ミムラ夫人は自分の子どもが何人いるか、ちゃんとわかっていないようです。確かなことは、ミムラ夫人がミムラねえさんのお母さんであり、ちびのミイ、そしてスナフキン（ミムラねえさんとちびのミイにとっては異父兄妹です）、さらに三十人以上の子どもたちのお母さんだということです。

「ヤッホー、あたしのかわいいむすめ！　おいで、あんたの新しい弟や妹たちをごらんよ！」
『ムーミンパパの思い出』

　ミムラ夫人は、子どもたちを清潔に、安全に、寒くないようにと面倒を見る、愛情に満ちたお母さんです。なによりすばらしいのは、毎晩寝る前に、子どもたちにわくわくする本を読み聞かせる時間を作っていることです。丸みのある姿に明るい性格のミムラ夫人は、ゆかいに笑ってすごすのが大好きなのです。

ミムラはおどろいた顔をしました。
「おこってるかって？　あたしは、
だれかにはらをたてることなんて
ありませんよ。たてたとしたって、
どうせ長くはつづかないの。
そんなひまはないんだもの！
十八……ちがった、十九人もいる
子どもたちを洗ってやったり、
ねかしつけたり、服のボタンをとめたり、
食べさせたり、はなをふいてやったり、
ほかにもあれやこれや、
めんどうをみるのでいそがしいの。
だからね、お若いムーミンさん、
あたしはいつも、たのしくって
しょうがないのよ！」
『ムーミンパパの思い出』

おしゃまさん
（トゥーティッキ）

「わたしは、オーロラについて考えていたの。あれって、ほんとうにあるのか、
それとも、あるように見えているだけなのか、どっちだかわからないわよね」
『ムーミン谷の冬』

お しゃまさんは小柄な体に大きな青い目で、もの思いにしずんだ静かな表情をしています。い
つも、赤と白のしまのセーターを着て、赤か、青のぽんぽんがついたぼうしをかぶり、ぼう
しの下からは短い髪の毛があっちこっちを向いてつんつん飛び出しています。おしゃまさんはよく、
氷に穴をあけて根気づよく釣りをしています。魚がえさに食いつくのを待つ間、おしゃまさんはま
わりの世界について考えます。現実的で、自立したおしゃまさんは、ひとりでいることに幸せを感
じています。

「たしかなものなんて、ひとつもないの。
でも、それだからこそ、わたしは安心するのよ」
『ムーミン谷の冬』

　ムーミン谷のほかの多くの住人とちがって、おしゃまさんは冬の間も冬眠しません。むしろ逆で、寒い季節にはとても活発に動きまわります。冬の間、おしゃまさんは、ムーミン一家の水あび小屋に八匹の姿の見えないとんがりねずみと一緒に住んでいます。

「だれだって、どんなことにも、じぶんでむきあわなくちゃいけないの。
そして、じぶんひとりでのりこえるのよ」
『ムーミン谷の冬』

「雪ってつめたいと思うでしょう、
でも、雪で家をつくってごらんなさいよ、あったかいから」
『ムーミン谷の冬』

　ムーミントロールがはじめての冬を楽しむことができたのは、おしゃまさんのおかげでした。お
しゃまさんは、あたたかくすごしたり、雪の家を作ったり、やさしく光る雪のランプを作ったりす
る方法や、大寒波がいつ来るのかということを知っていました。

　おしゃまさんは自然のことをよく知っています。鼻で季節が変わることを感じるので、「鼻が知っ
ている」と言えるかもしれません。冬が終わりに近づくと、おしゃまさんは
赤いぽんぽんのついたぼうしをぬぎ、裏返しにして、春用の薄青色（うすあおいろ）のぽ
んぽんのついたぼうしにしてかぶります。そして、春になる前に水
あび小屋を掃除（そうじ）して、ムーミン一家が目覚めたときの準備をしま
す。ついに春がやってくると、おしゃまさんは手回しオルガン
を鳴らし、ムーミン谷で冬眠（とうみん）している生きものたちを目覚め
させます。

「もうすぐ春だって、あんたは感じない?」
『ムーミン谷の冬』

おしゃまさんは、いつももの静かで落ち着いていて、ものごとにくよくよしたりしません。友人たちは、いつも価値のあることを言ってくれるおしゃまさんに、一目置いています。

「ああ、おしゃまさんだね——海べの水あび小屋がなによりもすきで、なかなかの哲学者だよ」
『ムーミンパパの思い出』

じゃこうねずみ

じゃこうねずみは、頭をふっていいました。
「おまえさんの推理を尊重したいのはやまやまなんだが、おまえさんはまちがっとる。
まったくもって、うたがいなく、まるっきりちがっとるぞ」
『ムーミン谷の彗星』

じゃこうねずみは、よく光る黒い目をしていて、毛深く、口ひげと長いほおひげがあります。とても賢く、おだやかで威厳があり、もの知りで、いろいろな本を読んでいる哲学者です。少なくとも、自分ではそう思っています。愛読書は、『すべてがむだであることについて』ですが、お気に入りの場所であるムーミンパパのハンモックで昼寝をするなど、快適な生活を楽しんでいるようです。

じゃこうねずみは、以前は川の土手にある穴ぐらに住んでいましたが、ムーミンパパが橋を作ったときにまちがってこわされてしまったため、ムーミン屋敷で暮らすことになりました。じゃこうねずみのなによりの望みは、平和と静けさ。夢は、だれにも邪魔されずひとりきりになれる場所で隠居暮らしをすることです。

　ときどき、というより、しょっちゅうあることですが、まわりにいる人たちがやかましかったり、子どもたちにからかわれたりすると、じゃこうねずみはふきげんになります。にぎやかなムーミン屋敷での暮らしには、じゃこうねずみにとってがまんできないこともあります。ここで威厳を保ちつづけるのは、少しばかりむずかしいことです。ケーキの上にすわってしまい、気づかずにいて、そのあと毛皮についてしまったべたべたしたクリームを取るために、おしりをお湯につけていなくてはならなかったこともあるのですから。この愛すべきお年寄り、じゃこうねずみは、ひとことで言うと、「真剣に受け止めてもらうのが好き」なんです。

　　「これじゃあ、ちっともおちつかない。
　哲学者というものは、日常のつまらないさわぎから、
　　　守られてしかるべきなんだぞ」
　　と、じゃこうねずみは文句をいいました。
　　　　『ムーミン谷の彗星』

フィリフヨンカ族

フィリフヨンカ族はひょろりと背が高く、長くとがった鼻をしていますが、実際に会ったときに最初に目が行くのは、その不安そうな表情でしょう。フィリフヨンカ族はみな、ものすごく心配性なのです。ほとんどのフィリフヨンカ族がいつも、(そんなことはめったに起こらないのに)起こるかもしれない最悪の事態を考えています。また、虫と汚れも怖いので、家を掃除したり片づけたり、整頓するのが大好きです。といっても、フィリフヨンカ族の場合、家事を楽しんでいるわけではありません。でも、きれいになると、満足はします。

フィリフヨンカであることは、そうそう楽ではないのです。
『ムーミン谷の夏まつり』

　ムーミン一家が、流れてきた劇場に住んでいたときのことです。かつてこの劇場の舞台監督は、フィリフヨンクという男のフィリフヨンカ族でした。心配性のフィリフヨンカ族が舞台監督として、劇場で大きな責任を負うというのは、なかなか想像できません。フィリフヨンクはもう亡くなっていましたが、生きていたころは、なにからなにまで心配していたにちがいありません。ムーミンたちは、フィリフヨンクの奥さん、劇場ねずみのエンマと出会います。フィリフヨンカ族はかなりねずみに似ているのです。

　スノークのおじょうさんは、夏至の前の夜、若いフィリフヨンカ族と出会いました。このフィリフヨンカは食事を作っておじさんとおばさんを待っていましたが、ふたりはあらわれません。案の定、このフィリフヨンカも心配でたまらなくなります（そのおじさんとおばさんというのは、舞台監督のフィリフヨンクとエンマのようです）。

　それから、長いドレスを着て、ぽんぽんのついた毛糸のぼうしをかぶっているフィリフヨンカもいます。以前は海辺のとてもきれいな家にひとりで暮らし、たくさん持っていた装飾品やこまごまとした装身具を、ひっきりなしにみがいたり、ほこりを払ったりしていました（そしてもちろん、なくしたり、欠いたり、こわしたりしないかと心配していました）。

　このフィリフヨンカは、のんびりしたり楽しんだりすることがなかなかできませんでした。いつも恐れたり疑ったりして、悩んでいたからです。どちらを向いても危ないことばかり。そして最悪の事態が起こり、巨大な大嵐と竜巻で家を飛ばされてしまったフィリフヨンカは、もう心配するものがなにもないことに気づきます。失うものがなにもなければ、失う心配などいりません。こうして、心からほっとしたのです！

　また別のフィリフヨンカの場合は、そんなふうにうまくはいきませんでした。十一月のある日、ムーミン屋敷をたずねたのに、ムーミン一家はそこにいなかったのです。もう、心配で心配で……。

　　　フィリフヨンカは大きく息をついて、
　　　　　じぶんにいいました。
　　「さあ、これでもう、こわいことはないわ。
　もうだいじょうぶ。これからは、なんだってできるわ」
　　　　　『ムーミン谷の仲間たち』

フィリフヨンカの不安の種トップ10

（特に順番はありません。なぜなら、順番がちがうのではないかと心配するフィリフヨンカが、いつまでも入れ替えようとするからです。いつまでも！）

✸ **散らかっている！** フィリフヨンカ族は、どんなものにも置き場所を決め、すべてのものを決められた場所に置かないと気がすみません

✸ **汚れ！** ものは、ほこりも汚れもなく、清潔でぴかぴかしていなくてはなりません

✸ **虫！** 虫は、どんな汚れやばい菌を持っているかわかりません。ちっちゃな泥だらけの足あとやもっと汚いものも残すかもしれません……食べものの上にとまるかもしれないのです！

✸ **正体のわからない音！** うわっ、あれはなんの音？　木が倒れたのか、野生動物がおそってきたのか、屋根が落ちてきたのか、それとも……それとも……？　わからないというのは、恐ろしいことです

✸ **静けさ！** どうしてこんなに静かなの？　なにかひどく恐ろしいことが起こるのでは？「嵐の前の静けさ」ということばがありますからね……

✸ **嵐！** 嵐とは、雨と風と無秩序、汚れ、混乱、そして破壊です

✸ **お客を招くこと！** お客さまはよそよそしい人かもしれない。汚かったり、だらしなかったりするかもしれない。知らないうちに、お客さまに、失礼なことをしてしまうかも……。なにを話したらいいんだろう？　話したらいけないことって？　もしもお客さまがあらわれなかったら？

✹ **招待していないお客！**　鳥が窓から入ってきて、髪の毛やカーテンにからまるかもしれない。もしかしたら、ひとりでいたいときに、だれかがお茶を飲みに来るかもしれない！

✹ **感じのいいおつきあい！**　フィリフヨンカ族にとって礼儀作法やしきたりはとても大切です。そのとき、その場所にふさわしいことを言い、ふさわしいことをしなくちゃ……でも、もしまちがってしまったらどうしよう？

✹ **なにもかもすべて！**

　この心配の種を読んでいるだけで、くたびれてしまいましたね。少しの間、フィリフヨンカ族の頭の中にいたみたいです。一生をこんなふうにすごさなくてはならないとしたらどんな感じか、想像してみてください。

ホムサ・トフト

ぼくは今まで、はらをたてたことなんてなかった。あれは、いきなりわいてあふれちゃったんだ、水みたいにね！
だけど、ほんとうのぼくは、おだやかでおとなしいんだ。

『ムーミン谷の十一月』

ホムサ・トフトは小柄で足が短く、目が大きく、金髪はぼさぼさで、ヘムレンさんのヨットのへさきに住んでいます。ヨットはたいてい防水布におおわれているので、ホムサ・トフトがいることはだれも知りません。ホムサ・トフトは、おなじみのタールのにおいがする（においというのが、とても重要なのです）ボートの中にいるのが好きで、巻いたロープの輪の中で丸くなると安心します。寒い夜には、大きくてあたたかいコートにくるまり、ムーミン谷のお話を作って自分に聞かせます。

ホムサ・トフトは、ムーミン一家をたずねたいとずっと思っていたので、あるとき、とうとう出かけていきますが、一家は留守でした。ホムサ・トフトはそこで見つけた古い本をゆっくりと読みました。むずかしいことばが使われている、少しばかりややこしい動物学か海洋生物学の本でした。ホムサ・トフトには、内容はほとんどわかりませんでしたが、その本にはふしぎな美しさがありました。それに、それまで本を持ったことなどなかったのです。

また、ホムサ・トフトは庭の海泡石の台座にのった
ムーミンパパの水晶玉にも魅了され、ひとりきりで
水晶玉をのぞいてみたいと思います。というの
も、ムーミン一家が留守でも、屋敷には、同じよう
にムーミン一家の帰りを待っている人たちがほか
にもいたからです。

ホムサ・トフトは気立てがよく、どちらか
というとはずかしがりやで、静かです。たまに怒り
を爆発させると、そのことに悩み、まごつきます。自分
のことがあまりよくわかっていないようです。仲間
はずれにされているような孤独
をときどき感じるのはなぜか、ホ
ムサ・トフトは考えます。もしか
したら、自分に家族がいないから
かもしれません。

いつでもおちついていて、ぼくのことをほんとにすきでいてくれるだれかが、いてほしい。ぼく、ママがほしいんだ！
『ムーミン谷の十一月』

ミーサ

わたしって、いやな目にあってばっかり！　おとといなんて、くつのなかに松かさが入ってたの。
きっとだれかが、わたしの大きな足をからかって、いたずらしたんだわ。
それからきのうは、窓の前をとおりかかったヘムルが、わたしを見て、いやみったらしくわらったの。
『ムーミン谷の夏まつり』

かわいそうなミーサはとても傷つきやすく、すぐに涙を浮かべます。ミーサは、あらゆること
をひどく気にして、とても深刻にとらえます。でも、不幸なときほどうれしそうに見えるの
で、あまり気にしなくてもいいのかもしれませんが……。ミーサは、だれかの不用意なひとことに
動揺し、怒りだします。悲観的で、自分をかわいそうだと思っています。自分はまるまると太って
いて孤独だと思いこみ、まるまるとしているのは悪いことだと考えています（ムーミンたちはみん
な、そう考えないでしょうが）。

ミーサはじぶんのセリフを読んでいました。と、ふいに、台本をほうりだしてさけびました。
「こんなに明るいのはむり！　ぜんぜん、わたしらしくないわ！
『ムーミン谷の夏まつり』

ミーサは小柄で、まっすぐな黒い髪をしています。笑顔を見せることは、ほとんどありません。ムーミン一家やほかの友だちと一緒に、舞台でお芝居をすることを楽しむようになりましたが、ムーミンパパが書いた最初の台本は明るすぎる、自分の役は最後に死ななくては、と言いはります。願いがかなって芝居は悲劇的な結末になり、ミーサはかつてないほど幸せでした！

「わたし、主演女優になりたい。
でも、かなしいお話でないといやよ。
わあわあ泣いたり、さけんだりするのがいい」
と、ミーサはいいました。
『ムーミン谷の夏まつり』

めそめそ

けれども、犬ぞりもスキージャンプも、犬のめそめその心をうごかしませんでした。
夜はねないで、ずっとお月さまにむかってほえていましたから、ひるまはねむくなって、
そっとしておいてもらいたいのでした。

『ムーミン谷の冬』

ある年の真冬、やせっぽちの小さな犬が、ムーミン谷にやってきました。ぼろぼろの毛糸のぼうしを目の上まで引っ張りおろし、悲しそうな顔をしています。この犬がめそめそで、食べものをさがしてムーミン谷にやってきたのです（その冬は厳（きび）しく、ムーミン谷にも食べものは少なかったのですが）。

　めそめそは、ムーミン一家の水あび小屋をねぐらにしました。夜になると雪深い森に行って、遠くのおさびし山をながめながら、野生のおおかみのほえ声に耳をすましました。毎晩、めそめそもほえ返し、長く悲しい歌をうたいました。やがて、なにがなんでもおおかみたちを見つけ出し、一緒（いっしょ）に遊びたい、という思いにかられます。ところが、ようやくそのチャンスがおとずれると、めそめそは、自分とおおかみはまったくちがうことに気がつきます。それどころか、おおかみを怖（こわ）いと思ったのです。それでもめそめそはおさびし山に行き、楽しくすごすことができました。めそめそは、スキーをするヘムレンさんと友だちになり、一緒（いっしょ）におさびし山に向かったのでした。

ニブリング
（クリップダッス）

そして、ニブリングには、こまったくせがありました。
ニブリングのこのみよりも長い鼻を見つけると、ガリガリとかじりとってしまうのです。
そんなわけですから、わたしたちは少しびくびくしていたのです。
『ムーミンパパの思い出』

二ブリングの国を治めている女王は、以前〈ムーミンみなしごホーム〉を経営していたヘムレンおばさんにかなり似ています。どうやら女王は、ヘムレンおばさん本人のようです！　おばさんは暗算の問題をニブリングにやらせ、ニブリングたちは暗算が大好きだったので、おばさんを女王にしたのです。

ニブリングは毛の生えた小さな生きもので、ムーミン谷の川の川底に歯でトンネルを掘って暮らしています。ひげと、ふさふさの眉と、しっぽがあります。ちょっと変わっているのは、足に吸盤がついていること。ニブリングの群れが近づいてくるのは、遠くからでも、くぐもったほえ声が聞こえてくるのでわかります。気をつけないと、おそろしい数のニブリングに突き飛ばされてしまうかもしれません。

ヘムレンおばさんがひっくりかえるのが見えた、と思ったら、おばさんはたちまち、
ニブリングたちのもじゃもじゃのせなかにのせられ、はこばれていきました。
まるで生きたじゅうたんです。おばさんは、かさをふりまわしましたが、どうにもなりません。
『ムーミンパパの思い出』

　ニブリングは大きな群れで生活しています。どんなものにでも、特に見慣れないものや見知らぬ
ものにかみつき、かみちぎってしまいます。ことに好きなのが、大きな鼻をかじることです。何千
匹ものニブリングがムーミンパパの船を取り囲み、ヘムレンおばさんをさらっていったことがあり
ますが、それはきっとおばさんの鼻が特別大きかったからでしょう（こうしてニブリングたちはお
ばさんと出会ったのです）。

　突き飛ばされたり、（ムーミン族やヘムル族やほかの鼻の大きな生きものは）鼻をかじられたり、
といったあきらかな危険をのぞけば、ニブリングたちはおおむねおとなしく、根は温厚な生きもの
です……でも、いちどに大きな群れと出くわすより、一匹か二匹に会う方がうれしいでしょう！

劇場ねずみのエンマ

「あたしの愛する、いまは亡き夫で舞台監督（ぶたいかんとく）のフィリフヨンクに、
あんたがたのこのざまを見られなくて、よかったこと！
あんたがたは、劇場ってものがまるでわかってないようだ、まったくもって、からっきしね！」
『ムーミン谷の夏まつり』

　ムーミン一家は、流れてきた建物（あとで劇場だとわかりました）に避難（ひなん）したとき、これでひと安心、と思いましたが、その建物では大きな音やふしぎなもの音が聞こえます。意地悪そうな笑い声が、がらんとした建物にこだましたり、さげすむように鼻を鳴らす音が暗いすみから聞こえたりもします。ムーミンたちは知りませんでしたが、暗闇（くらやみ）から小さな鋭（するど）い目でこちらを見ていたのは、ねずみでした。ただのねずみではありません。劇場ねずみのエンマだったのです。

FOTO J:SON
わたしのエンマへ

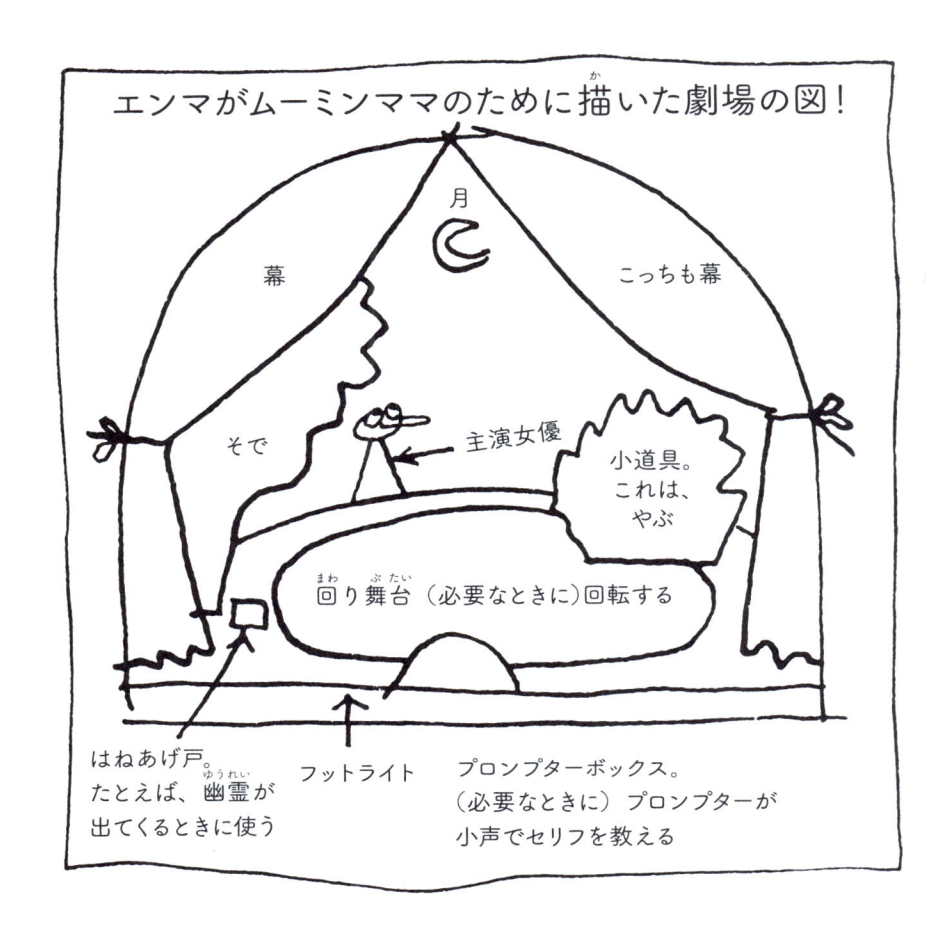

エンマがムーミンママのために描いた劇場の図！

月

幕　　　　　　　　　　　　こっちも幕

そで　　　　　　　主演女優

小道具。
これは、
やぶ

回り舞台（必要なときに）回転する

はねあげ戸。
たとえば、幽霊が
出てくるときに使う

フットライト

プロンプターボックス。
（必要なときに）プロンプターが
小声でセリフを教える

　エンマはとうとう姿をあらわしますが、その態度はよそよそしく、疑り深そうで、とげがあります。特にムーミン一家が、自分たちのいる場所を流れてきた家だと思い、劇場であることに気づかなかったことを、エンマは軽蔑しました。エンマは、いまはひとりで暮らしていますが、亡くなった夫のフィリフヨンクは舞台監督で、エンマ自身も舞台にくわしいことをとても誇りに思っていました。ムーミン一家がお芝居をすることになり、エンマにたのんでいろいろ教えてもらうようになると、エンマはだんだんみんなに親切になっていきます。それに、舞台のことを確かによく知っているのです。

　「じゃが、舞台でわらいものになっても、どうしてもやりたいっていうんなら、そうだねえ、
　　芝居のいろはってやつを、少しくらいおしえてやってもいいよ。ひまを見つけてね」
　　　　　　　　　　　　『ムーミン谷の夏まつり』

森の子どもたち

みんな、森の子どもたちで、毛がたくさんはえていました。
公園では、小さな砂場でしかあそんではいけないといわれていましたが、それではあまりたのしくありません。
ほんとうは、木にのぼったり、さかだちしたり、芝生をかけまわったりしたかったのです……
『ムーミン谷の夏まつり』

迷子になったり置き去りにされたりして、森に住むようになった二十四人の子どもたちは、毎日公園に遊びに来るようになりました。でも運の悪いことに、そこはヘムルが管理している、どこにでも「べからず」と書いた立て札が立っている公園でした。芝生の上を歩いてはいけない、ましてや走ったり、遊んだり、木に登ったりするなんて、とんでもない。許されているのは、ひどく小さくて、おもしろくもない砂場で遊ぶことだけ……。

　……そこへスナフキンが来て、助けてくれたのです！　スナフキンはすぐに、子どもたちの面倒を見るのは大変なことだと気づきます。しょっちゅうおなかがすいた、疲れたと言い、ときには泣いたりするのですから。

森の子どもたちのなかには、くしゃみをする子もいれば、くつをなくす子、
バターをぬったパンが食べたいという子もいました。
けんかをはじめた子たちもいます。ひとりはトウヒの木のとげとげの葉に鼻からつっこみ、
もうひとりはハリネズミの針にさされてしまいました。
『ムーミン谷の夏まつり』

　ひとりですごすのが好きなスナフキンは、それまで子どもと接したことがありませんでしたが、子どもたちの世話をし、楽しませるためにできるだけのことをしてやりました。タールが乾くまでは屋根に登らない方がいい、という役に立つアドバイスもします。森の子どもたちは心からスナフキンに感謝しました。そしてお礼の気持ちをこめて、刺繍をしたたばこ入れを作りました。

　いまでは森の子どもたちは、もみの木湾の浅瀬に浮かぶ劇場で、劇場ねずみのエンマと、その義理のめいの若いフィリフヨンカと、ミーサと一緒に暮らし、中には舞台に立っている子もいます。

ホムサ

「ミーサがいきなりミムラみたいになったり、ホムサがヘムルみたいになったりしたら、
世の中はどうなっちゃうんだろう?」
『ムーミン谷の夏まつり』

ホムサは大きな黒い目と、つんつん立った髪に、黒いコートを着て、首にマフラーを巻き、安全ピンでとめています。小さくてまじめで、まわりの世界を一生懸命理解しようとしていますが、最後にはいろんなことがこんがらかってしまいます。好奇心旺盛で、なんでも知りたがります。ものごとのしくみ、それがどうして起こるのか、どうして人はそのような行動を取るのか……。賢くなれば、すべてのことを解明できるかもしれないと思い、そうなりたいと願っています。

ホムサは正直で親切で、劇場で新たな暮らしを知る前の、悲しみに沈んだミーサに、心から同情します。ホムサは、勇敢でもあります。劇場で奇妙な音がして、みんながおびえていたときに、剣を取り、謎の侵入者に立ち向かおうと飛び出したのは、ホムサでした（幸運なことに、それは劇場ねずみのエンマだったと、あとでわかりました）。

　ムーミンたちがお芝居をすることになったとき、ホムサは舞台裏で小道具の係をし、月を高くのぼらせたり、風が吹くように機械を操作したりしました。そういうことが得意だと気づいたホムサは、やがて、エンマの亡くなった夫フィリフヨンクのあとを継ぎ、新しい舞台監督になったのです。

「ぼくが、もうちょっと頭がよければなあ。でなきゃ、もう何週間かはやく生まれて、
知恵がついていたらよかったのに」と、ホムサは思いました。
『ムーミン谷の夏まつり』

若き日の
ムーミンパパの
仲間たち

ヨクサル

「こいつは、やっちゃいけないといわれることをやるのが、大すきなんだ。
いつだって、おまわりさんや、規則や、交通標識にさからってるのさ」
『ムーミンパパの思い出』

特徴のあるとんがりぼうしをかぶり、パイプをくゆらすヨクサルは、スナフキンによく似ています。というか、実は逆で、スナフキンがヨクサルによく似ているのです。ヨクサルは、スナフキンのお父さんなのですから。父親も息子も、規則が大嫌いです……公園番やおまわりさんも！　ヨクサルは、めったにものごとを真剣に受け取りません。人生をただありのままに、ゆったりと、のんきに、たいていはパイプをくゆらしながら受け入れます。

　ムーミンパパがはじめてヨクサルに会ったとき、ヨクサルは、パパの家の中にいました！　玄関にはかぎがかかっていたので、どうやって入ったのかわかりません。でも、それがヨクサルなのです。かぎのかかっていない家に入っても、おもしろくもなんともないでしょう？　ヨクサルは規則を破るのが好きで、許されていないことばかりやりたがります。ヨクサルとムーミンパパとフレドリクソンは、固い友情を結び、一緒にたくさんの冒険をします。

フレドリクソン

「それなら、ぼくらはどうなのかっていうと、いつもなにかしらが大事なんだ。きみは、小さかったときは、
なんでも知りたがった。今は、なにものかになりたくて、たまらないんだろ。ぼくは、なにかをなしとげたい」
『ムーミンパパの思い出』

フレドリクソンは、ムーミンパパの一番古い友だちで、若き日のムーミンパパは最初のムーミ
ン屋敷（やしき）を建てたすぐあとに、森でフレドリクソンと出会いました。フレドリクソンはパパに、
枝と葉で小さな水車を作る方法を教えてくれました。ふたりはそれ以来ずっと友だちです。

フレドリクソンは実行力があります。手先が器用で、発明やもの作りも得意です。ムーミンパパ
と船を作ろうと思いついたのもフレドリクソンで、ふたりはその船を〈海のオーケストラ号〉（ロッ
ドユールが船体にまちがったつづりで書いてしまいましたが）と名づけました。この名前は、フレ
ドリクソンの行方不明の兄がかつて編んだ詩集『海のオーケストラ』にちなんだものです。この行
方不明の兄というのは、ロッドユールの父親です。つまり、フレドリクソンはロッドユールのおじ
で、ロッドユールの両親が春の大掃除（おおそうじ）で行方不明になったあと、おいっ子を引き取ったのでした。

　のちにフレドリクソンは、船に車輪と翼をつけ、潜水艦に改造しました。王さまの盛大なパーティーで、「王室づき発明家」に任命されたのもふしぎはありませんね！

　フレドリクソンは、口数は少ないけれど、まさにいつもそばにいてほしい友人です。

　「いい家だね」とフレドリクソンはいいました（つまり、すばらしくすてきな家だ、ということです。
フレドリクソンは、ことばをかざるのがすきではないのです）。
『ムーミンパパの思い出』

ロッドユール

ロッドユールという名前には、「手当たりしだいにものを集め、なくして、忘れてしまう動物」という意味があります。見た目からしてだらしなく、頭に片手鍋をかぶり、破れたコートを着て、拾ったものばかりあれこれ持っています。クリップの入った缶やズボンのボタン、チーズ用のナイフなど、こまごまとしたものばかりですが、ロッドユールは自分の持ちものが大好きで、どこかになにか置き忘れると、とても心配します。

ロッドユールは、すっとんできました。
しっぽをゆらし、耳をぱたぱたさせ、ひげをぴんぴんふるのを、いっぺんにやっています。
「ごきげんよう!」ロッドユールはさけびました。
『ムーミンパパの思い出』

ロッドユールの落ち着きのなさは、文字を書くときにも表れます。フレドリクソンたちの船にペンキで名前を書こうとして、つづりをまちがえてしまったのです。でも、大騒ぎする人はいませんでした。ロッドユールはまた、災難にあいやすいところがあります。料理をしている最中に、プディングをなくしてしまったり、オムレツに歯車を入れてしまったこともあります。それでも、いつも一生懸命で、正直で、お人よしです。

　ロッドユールは、フレドリクソンのおいです（つまり、フレドリクソンはロッドユールのおじさんだということです）。春の大掃除のときに、両親が行方不明になってしまったため、フレドリクソンに引き取られたのです。ロッドユールは、ソースユールと恋に落ちて結婚し、息子のスニフが生まれました。ふたりが息子をうっかり置き忘れてしまったのかどうかはわかりませんが、スニフはムーミン屋敷で暮らすようになりました。

ムーミンの知恵

「あの子たちの冒険って、いつもこう。
だれかをたすけるとか、だれかにたすけられるとかばっかり。
冒険した人たちをあとであっためてあげる人のお話を、
いつか、だれかに書いてもらえないものかしらね」
『ムーミン谷の冬』

ムーミンパパは、ニョロニョロみたいに、
しゃべらない、なぞめいたものになろうときめました。
だまっていると、まわりにうやまってもらえます。
わくわくするような毎日をおくってきて、
すごくもの知りなのにちがいない、と思ってもらえるのです。
『ムーミン谷の仲間たち』

ちょっと変わった小道でした。くねくねしていて、
あっちへ曲がったと思ったらこっちへ曲がり、ときには、
小道がおもしろがっているみたいに、ぐるりとひとまわりして、
前にとおったところをつっきることも、なんどかありました
（そんな道なら、たいくつすることはありませんから、
とおまわりなようでも、案外はやく家に帰れるかもしれません）。
『ムーミン谷の彗星』

「劇場というのは、世界でいちばんたいせつな建物といって
いいのさ。じぶんがのぞめばなれるものや、
勇気を出せばなれるかもしれないもの、
それと、ほんとうのじぶんが見られるところだからなんだよ」
『ムーミン谷の夏まつり』

「これこそ、新しいくらしをはじめるのに
うってつけの旅立ちだ。
マストのてっぺんには、ハリケーンランプの明かり。
世界がねしずまっているなか、
うしろにとおざかる海岸線……。
夜に旅をするほど、すばらしいことはないね」
『ムーミンパパ海へいく』

「気に入ったものを、じぶんの持ちものにしたいと
思いはじめると、こういうことになるのさ。
ぼくはね、なんでも、見るだけでいいんだ。
はなれていくときは、頭のなかでおぼえておく。
それなら、かばんを持ち歩かなくてすむ。
いつだって手ぶらでいられるんだ」
『ムーミン谷の彗星』

ムーミン谷の
陰の部分

ムーミン谷は美しく魔法に満ちたところですが、陰の部分もあります。奇妙で恐ろしい生きものが、あらゆる場所にひそんでいるのです。竜、ニョロニョロ、ありじごく、そしてもちろん、モラン。ときにはとてもあぶない目にあうこともあるので、ムーミンたちは、危険な生きものに目を配り、自分で身を守ることを学ばなければなりません。

ムーミントロールは、川にそってしずかに歩きながら、考えつづけました。
　　——だけどなあ、モランだっておまわりさんだって、じっさいいるんだ。
　　深いふちにおちることだって、あるかもしれない。
　　それに、こごえて死ぬ人もいれば、大風にまきあげられる人もいるんだぞ。
　　海でおぼれる人も、ニシンの骨がのどにささっちゃう人もだ。
　　ほかにも、どんなことがおきたって、おかしくないんだ。
　　　　　　　　　　　『ムーミン谷の夏まつり』

ニョロニョロ

小舟はどれも、海にうつったかげの上を、ちょうちょのようにかろやかにすすんでいきます。
どの舟にも、なにか、生きものがたくさんのっています。
うす灰色のその生きものたちは、ぴったりよりそって、海のかなたをしずかに見つめていました。
「ニョロニョロだ」フレドリクソンがいいました。
『ムーミンパパの思い出』

二ョロニョロは、いつも群れをなして行動します。ニョロニョロは奇妙で危険で静かな生きもので、白いきのこのような姿をしていて、丸い目は青白く、葉っぱのような手が体の両側についています。そして、たどり着くことのない目的地をめざしているかのように、その一生を、終わりのない航海についやすのです。ニョロニョロは耳が聞こえず、ことばを話すこともできません。ものを食べることも、眠ることもありません。ただひたすら旅を続けます。

……その小さな白い生きものたちは、
なにかをもとめて、あてもなく、
たえずあちこちへさまよいつづけているのです。
いったいなにをもとめているのかは、
だれも知らないのでした。
『ムーミン谷の彗星』

ニョロニョロが楽しいのか悲しいのか、怒っているのか驚いているのかは、だれにもわかりません。なにかを思ったり感じたりすることなど、ないように見えます。唯一ようすが変わるのは、陸を見つけたときです。そのときは、岸に向かって懸命に船をこいでいきます。

「やつらはけっして気が休まることはなく、休むこともない。ずっと旅をつづけている」
『ムーミンパパの思い出』

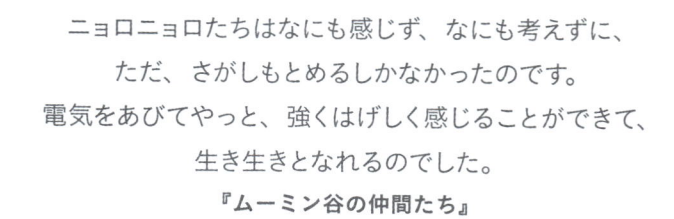

ニョロニョロたちはなにも感じず、なにも考えずに、
ただ、さがしもとめるしかなかったのです。
電気をあびてやっと、強くはげしく感じることができて、
生き生きとなれるのでした。
『ムーミン谷の仲間たち』

大群で移動するおばけのようなニョロニョロですが、たいていの場合は、人に危害はまったくくわえません。けれども、雷（かみなり）の鳴る嵐（あらし）の日には、近づかない方がいいでしょう。なぜなら、ニョロニョロが体を電気で満たし、まわりにいる人を感電させることがあるからです。ニョロニョロは、小さな白い種から生えてきますが、育つのは、夏至の前の晩にまかれた種だけです。種はあっという間に芽を出しますから、種と種は少し離してまくように。生えてきたばかりのころは、特に電気を帯びています。公園番のヘムルは、このことを身をもって知りました。

一年にいちどの夏至の日には、何百ものニョロニョロたちが、岸から遠く離れた無人島、ニョロニョロの島へと大移動します。そして、島の真ん中にある空き地に集まり、秘密の会合を開きます。そこには、気圧計*がかかった青い柱が立っています。なぜ集まるのか、その理由はニョロニョロにしかわかりません。ともかく毎年、ニョロニョロは島をめざすのです。

*気圧計とは、気圧を計測することによって作動する気象予報計で、快晴から雷雨（らいう）までを示します。

知られざる
ニョロニョロの
４つの真実！

✳ 体に電気がたまると、硫黄やゴムが焼けたようなにおいを出す

✳ 訪れた島の一番高いところに、小さな白い巻きものを置く

✳ 目の色がときどき変わる

✳ 透明になることがある

お日さまはしずみかけていましたが、
あたたかい夕方だったので、ニョロニョロは
たちまち生えてきました。
きれいに刈ってある芝生のあちこちに、
白いきのこみたいなまるいものが、
ぴょこぴょこと頭を出しはじめました。
『ムーミン谷の夏まつり』

モラン

モランはもちろん、
あらわれました。だれかの
やましい心のような、ひえびえとした
さむさを身にまとい、海をこえてやってくると、
浜べにゆっくりあがってきました。
『ムーミンパパ海へいく』

モランは、いつもひとりでいます。『ムーミンパパ海へいく』でモランが言ったこと——「ほかにモランはいない。あたしは、たったひとりなんだ」——を信じるなら、モランと同じ種族の生きものは、ほかにはいません。ですが、ムーミン谷の多くの生きものは、モランはひとりでじゅうぶんだと思っていることでしょう。モランは奇妙な、ぶきみな生き物です。どこからともなく不意にあらわれ、すべるようにゆっくりと動きます。大きな鼻のある表情のない顔。大きな口には歯がずらりとならび、恐ろしい目がこちらをじっと見つめます。モランが近くにやってくると、あたたかく、うれしい気持ちになるようなものすべてが冷たくなり、燃えさかる火すら消えてしまいます。モランがいた地面は凍りつき、あたりは異様に冷たい空気に包まれます。モランが去ったあと、人々は、これまでになく寒い冬のことや、死のことを思いめぐらします。

モランはだまったまま、幽霊のように静かに、死んだような目でじっと見つめてきます。ですから、モランを見た人はみな、ふるえあがります。トフスランとビフスランは、モランを心底怖がっています。ただひとり、モランのことを怖がらないのはおしゃまさんです。おしゃまさんは、この孤独な灰色の生きものを、哀れに思うだけです。ただ、あんなふうに生まれついてしまっただけなんだ、と考えているのです。

「モランはね、火をけしにきたわけじゃないの。火であたたまりたかったのよ、かわいそうにねえ」
『ムーミン谷の冬』

モランはたいして大きくないし、見たところ、あぶなそうでもありません。
けれども、モランを見ているうちに、きっとおそろしくわるいやつで、いつまでもそこで待ちかまえているんだ、
という気持ちになってしまうのです。それは、とてもいやな気分でした。
『たのしいムーミン一家』

　モランがどこから、どうしてやってくるのかは、だれにもわかりません。モランは、いつもひとりです。ごくたまに、身も凍るような声を出すことがありますが、たいていはぶっきらぼうにひとこと答えを返すだけです。そんなモランとの間に、スノークは、なんとか取引を成立させました。モランは、ずっとほしがっていたきらきら光る「ルビーの王さま」の代わりに、飛行おにの魔法のぼうしを受け取ることになりました。

それからふいに、モランはぼうしをひっつかむと、ひとこともいわないまま、
つめたい暗いかげのように、すうっと森へ入っていきました。
ムーミン谷でモランを見たのは、これがさいごとなりました。
飛行おにのぼうしも、それっきりになりました。
『たのしいムーミン一家』

モランについて、知っておくべきこと

* モランは、山に狩(か)りに行く（えものがなんなのかはわかりませんが、きっと知らない方がいいでしょう）

* おそろしい叫(さけ)び声(ごえ)をあげる（たぶん悲しんでいるのです）

* 泳げない（どのみち、モランのまわりの水は、すぐに凍(こお)ってしまいます）

* 触(ふ)れるものすべてを凍(こお)らせ、すべての色をなくしてしまう

* 子どもたちに注意するときには、おどし文句としてモランの名前を使う（子どもたちにもモランにも、ひどいことですが……）

モランはしばらくじっとしていました。
丘<ruby>おか</ruby>の上にはもう、だれもいません。みんな、にげてしまいました。
モランはそれから、こおりついた海の上へすべりおり、
来たときとおなじようにたったひとり、
暗やみへともどっていきました。
『ムーミン谷の冬』

竜のエドワード

「ほう、これはこれは！　こんちくしょうの
フレドリクソンと、そのくそったれの
仲間どもではないか！　もう、にがさんぞ！」
どなったのは、竜のエドワードでした。
それはもう、かんかんになっています。
『ムーミンパパの思い出』

竜のエドワードは、とてつもなく大きな体をしています。竜はそもそも大きな生きものですが、エドワードはおそらく世界一大きな竜でしょう。フレドリクソンによると、エドワードは本当に、世界一大きな生きものだということです。実際、あまりに大きいので、若かりしころのムーミンパパは、竜のエドワードの足を塔とまちがえてしまったほどです。エドワードにはだれかを傷つけるつもりはまったくありませんが、この大きな生きもののそばにいるのは、ほかの者にとっては危険です。エドワードは、そんなつもりはなかったのに人を踏みつぶしてしまったことがあるのです。竜のエドワードには良心があるので、まちがえてほかの生きものを踏みつぶして死なせてしまったとしたら、一週間は泣きつづけます。お葬式の代金だって支払います。

　フレドリクソンによると、水中にすむ生きものの中で、竜はあまり賢い方ではありません。フレドリクソンの船〈海のオーケストラ号〉が川岸で動けなくなってしまったとき、フレドリクソンがエドワードに川で水あびをするようすすめると、エドワードは本当に水あびをはじめ……大波が起きて、船を海へとおし出しました。計画は成功です！　けれどもエドワードは、ひとつもうれしくありませんでした。川床の石で足を痛めてしまったからです。そのせいで、エドワードは腹を立てました。そして、怒った竜はだれにとっても危険なものです。

竜についての3つの事実

✹ 竜はみな、木曜日に豆のスープを食べる
✹ 竜はみな、土曜日に特別な水あびをする
✹ 竜はみな、足がものすごく敏感

おばけ

「さあ、きたぞ！　おののけ、命にかぎりあるものたちよ！　わすれさられた骨のしかえしがはじまるぞ！」
おばけは、だれにもまねのできない高い声でいいました。
『ムーミンパパの思い出』

かつてムーミンパパとロッドユール、ヨクサルが、ある島に到着（とうちゃく）したとき、恐（おそ）ろしいことが次々と起こりました。灰色の霧（きり）のようなものがふわっと目の前を通りすぎ、とつぜん三人は、説明のつかない冷たい風を感じました。階段がきしむ音や壁（かべ）をたたく音も聞こえてきます。いったいこのぶきみな現象の正体は、なんなのでしょうか？　それはすべて、たったひとりのおばけのしわざでした！

　おばけは恐（おそ）ろしくやっかいで、人をうんざりさせるやつだとわかりました。まる一週間、おばけは全力で、ムーミンパパたちを怖（こわ）がらせようとしました。けたたましい笑い声をあげたり、家具を動かしたり、鎖（くさり）をじゃらじゃらいわせたり。おまけに、「運命は、恐怖（きょうふ）のへやの壁（かべ）に血で書いてあるぞ」と書いてよこしたりもしました。おばけが話すことばには、必ず「運命」とか「忘れ去られた骨」といった言いまわしが入っています。

　けれどもムーミンパパたちは、まったく動（どう）じず、おばけなんてちっとも怖（こわ）がらず、生きている相手と同じように話しかけ、しまいにはムーミンパパが、箱に頭蓋骨（ずがいこつ）と骨の絵を描いたおばけ専用のベッドを作ってあげようと申し出ました。フレドリクソンは、家にある糸のようなごくふつうのものを使って人々を怖（こわ）がらせる、すばらしい技を伝授しました。さらに、夜が明けると、ムーミンパパたちは投票によっておばけを村の一員として迎（むか）え入れ、「恐怖（きょうふ）のおばけ」という正式な称号（しょうごう）を授けました。おばけはいまでもその島に住んでいて（「生きていて」ということばは使えないですよね*）、とても幸せに暮らしているはずです。

おばけはいいました。「こりゃあ、いいぐあいだな。
真夜中に少し、ガタガタ音をたてるかもしれないが、
気にしないでくれたまえ。習慣なのでね」
『ムーミンパパの思い出』

*だって、おばけですから。

ありじごく

ありじごくは、ひどくはらをたててこたえました。
「きさま、砂をぶっかけるぞ。おれの巣のなかへすべりおりてこいよ、食ってやるからさ！」
『たのしいムーミン一家』

あ りじごくは、海岸の砂の中に隠れている、悪賢い生きものです。ありじごくの顔はふきげん
なライオンに似ていて、大きな目で人をおどすようにぎろりとにらみつけます。ありじごく
は恐ろしい敵です。得意技は、砂の中に穴を掘って、地面のすぐ下に身をひそめることです。なに
も知らない小さな生きものたちは、その穴に落ち、ありじごくに食べられてしまうのです！

ありじごくはすばしこく、たったの三秒で穴を掘ってしまいます。あるとき、ありじごくがけり
飛ばした砂がムーミンママの目に入り、ママがありじごくの穴の中に落ちそうになったことがあり
ました。とにかく、気が荒いありじごくとは、かかわらないのが身のためです。

「いち、にの、さん！」ありじごくは、プロペラみたいにまわりながら、おしりから砂のなかへもぐっていきました。
でもそこには、びんがかくしてあったのです。ほんとうに、ものの三秒で、びんのなかです。
それとも、二秒半だったかもしれません。そのくらい、かっかしていたのです。
『たのしいムーミン一家』

氷姫

> 「でもね、もしも顔をまともに見てしまったら、あんたはこおってしまうのよ。
> ひからびたビスケットみたいにかちかちになって、くずれもしないの。
> だから今夜は、外を出歩かないようにね」
> **『ムーミン谷の冬』**

謎につつまれた氷姫は、毎年、冬の寒さがもっともきびしい大寒波の時期にやってきます。大寒波が近づいてくるのを鼻でかぎとることができ、氷姫がどれほど危険か知っているおしゃまさんは、氷姫が来る晩は、家から出ないようにとみんなに忠告します。

ある冬の日、氷姫がいよいよやってきました。氷の上を歩いてきます。息をのむほど美しく、体は真っ白で、氷のように青い目をしています。おしゃまさんとムーミントロール、ちびのミイが隠れている水あび小屋の前を氷姫が通りすぎると、凍てつく風が部屋を通りぬけ、ストーブの火が暗くなりました。冷たく、口をきかない氷姫と出会ったものは、だれもが魔法をかけられてしまいます。一匹の若いりすもそうでした。

> りすはうっとりとして、氷姫のつめたい青い目を、まっすぐに見つめかえしたのです。
> 氷姫はほほえむと、先へすすみました。あとにのこされた、おばかさんの小さなりすは、
> かたく、つめたくなって、足をぜんぶぴんとあげたまま、ひっくりかえっていました。
> **『ムーミン谷の冬』**

すばらしいしっぽを持ったりす

すばらしいしっぽを持ったりすは、大寒波がやってくるから、安全であたたかい家の中にいなさい、というおしゃまさんの忠告に、耳を貸しませんでした。雪のつもった外にいたりすは、氷姫（こおりひめ）の指がそっと触（ふ）れたとたん、四本の足を空に向け、棒みたいに体をこわばらせてあお向けに倒（たお）れました。目に見えないとんがりねずみが、あたたかなタオルでつつんでやっても、気の毒なりすはひげ一本動かすことはありませんでした。* 氷姫（こおりひめ）は一瞬（いっしゅん）たりとも立ち止まることなく、そのまま歩き去りました。

*ここを読んで泣きそうになった人は、この本の最後のページを見てみてくださいね。

マメルク

とてつもなく大きくておそろしいものが、えたいの知れない海の底からあがってくるようです。
ジャングルで大きくそだった草のくきみたいに、緑色で太いそいつは、
船の下にゆらりと姿をあらわしました。
『たのしいムーミン一家』

マメルクは、海に住む巨大な魚です。とても大きな口と尾びれがあり、何百キロもの目方があります。スノークが、ムーミントロール、スノークのおじょうさん、スナフキンと一緒にあとで〈マメルク狩り〉と呼ばれるようになった漁に出たとき、マメルクとみんなの間で、頭脳と力を駆使した激しい戦いがくり広げられたのです。マメルクは、スノークが最初に投げた釣り糸を引きちぎりました。とうとうロープで捕えられると、飼い主をリードで引っ張る大型犬のように、海じゅう船を引きずりまわしました。スノークたちはどんどん遠く、沖へ沖へと引っ張られていきました！

　長い戦いの末、マメルクはとうとう死んで、ムーミン谷に運ばれました。スノークはマメルクの重さを計りたかったのですが、残念ながらその前にヘムレンさんがマメルクを焼いて、七分の一ほどを食べてしまったのです！

　でもそれは、みんなが雨の中、ヘムレンさんにマメルクの番をまかせ、そのことをすっかり忘れてしまったのがいけなかったのです。もっとも、一番気の毒なのは、当のマメルクだったと思いますが。

マメルクはおき火の上でまる焼きにされ、頭からしっぽまで、すっかり食べられました。
あとになって、この魚がどのくらいの大きさだったかをめぐり、なんどもいいあいになりました。
ベランダの階段の下からたきぎ小屋まであった、というものもいれば、
ライラックのしげみまでしかなかった、というものもいたのです。
『たのしいムーミン一家』

ムーミン谷の音楽

踊りながら
どうぞ!!!
村のお店

✳ すべての小さな生きものは、✳ しっぽにリボンをつけなくちゃ

なぜって、ヘムレンたちが牢屋に向かってる
月へと踊ろうよ、ホムサ、楽しもう
泣きやんでよ、小さなミーサ、大きな声で笑おう！
チューリップをごらん、なんて幸せそうなんだ
朝のきれいな光の中で、みんな輝いてる！
ゆっくりと、そう、ゆっくりと
すばらしい夜が、こだまが消えるように、去っていくよ！

作詞、作曲、演奏、歌──スナフキン

ムーミン谷では、よく音楽が聞こえます。ここで暮らす生きものの多くが、気分が乗るとうたいだすからです。音楽は、春を歓迎するのにもぴったりです。おしゃまさんは手回しオルガンを鳴らし、ムーミン一家をはじめ、冬眠中の生きものたちを残らず起こしました。

そのあいだじゅう、おしゃまさんの手まわしオルガンは
なりつづけていました。
お日さまの光が、ムーミン谷にふりそそいでいます。
まるで、お天気が、地上のものたちに
あんなにつめたくして、
わるかった、といっているみたいでした。
『ムーミン谷の冬』

歌をうたうのは、不満な気持ちを表すのにも向いています。ムーミントロールは冬眠から目覚めるのが早すぎて、冬の寒さの中、ひとり孤独にすごしたときに、「冬にたたかいをいどむ歌」をうたいました。おしゃまさんは、氷姫が指で触れたために凍死した気の毒なりすのために、「すばらしいしっぽを持ったりす」という歌を作りました。一方、「スナフキンの朝の歌」は楽しくて、一日のはじまりに気持ちを盛りあげるのにぴったりです。

悩まず、おこらず、恐れず行こう
ぼくらの命は、まだ長い
ニョロニョロたちは舟に乗り
朝日に向かって旅立った
それよりきれいなものって、なあに？
それはね、スノークのおじょうさんの巻き毛さ

スナフキンは、なん日も前から、このしらべを胸にあたためていましたが、
まだ音にして出す気持ちにはなれないでいました。
うん、これだ！　と感じるまで、しまっておくのです。
そのときがきたら、ハーモニカをくちびるにあてるだけで、すべての音がたちまち、
ぴったりのところにおさまってくれるでしょう。
『ムーミン谷の仲間たち』

　谷で一番の音楽家は、おそらくスナフキンでしょう。スナフキンはハーモニカや横笛を吹くだけでなく、その場に合った歌も作ります。

　スナフキンが作った中で一番よく知られている歌は「すべての小さな生きものは、しっぽにリボンをつけなくちゃ」で、春風に乗ってこの歌が聞こえてくると、ムーミントロールの心にはいつも喜びがあふれます。大好きな仲よしの友だちが、ムーミン谷にもどってきたとわかるからです。

　ムーミントロールは楽器を奏でませんし、自分の歌声がたいしたことがないのも知っています。それでも口笛は吹けるし、音楽ならなんでも大好きです。ムーミン谷の生きものはほとんどみんな同じです。ヘムル族が好む、統率のとれたブラスバンドの音楽や、ミムラねえさんが楽しげに踊るスナフキンのパーティーの曲、ムーミンママがうたう子守歌など、ムーミン谷ではいたるところで音楽が暮らしを彩っています。

✳ 口笛の合図 ✳

大急ぎで伝えたいことがあるとき、ムーミンたちは好んで口笛を吹きます。急な知らせを届けるのには、口笛が向いていることが多いのです。特に、ムーミントロールとスナフキンは口笛で連絡しあうのが好きで、それぞれの吹き方に特別な意味を決めています。緊急時にはとても役に立ちます！

三回口ぶえをふき、
それから二本のゆびを口につっこんで、
ピーッとならしました。
『たのしいムーミン一家』

✳ ムーミンの口笛の意味 ✳

短く3回、続いて**長ーく**1回

困ったことが
起きているよ！

長ーく3回

とても変わったことが
起きたよ！＊

短く3回、**長ーく**3回、短く3回

SOS！ 助けて！
助けて！＊＊

長ーく1回、短く2回

今日はなにを
しようか？＊＊＊

ピーホー！

ぼくだよ！
ここにいるよ！＊＊＊＊

＊ ムーミントロールがありじごくを瓶の中に閉じこめたときなど。

＊＊ ヘムレンさんがニョロニョロに囲まれて身動きが取れなくなった
ときにこの口笛を吹き、とても役に立ちました。

＊＊＊ ムーミントロールとスナフキンだけの秘密の合図です。

＊＊＊＊ 口笛ではなく、かん高い叫び声。ムーミントロールとスナフキン
のお気に入り。

たまにしか登場しないものたち

スクルッタおじさん

そのおじさんは、ひどく年をとっていて、いろんなことをすぐにわすれてしまいます。
ある秋の、まだ朝暗いうちのことでした。
目をさましたおじさんは、じぶんの名前がなんだったか、思い出せなくなっていました。
『ムーミン谷の十一月』

スクルッタおじさんはお年寄りです。それもかなり変わったお年寄りです。ひとり暮らしで、もの覚えがとても悪いのですが、もの覚えが悪くても、なにかしら覚えていられればじゅうぶんだと思っています。なにしろ、人生には忘れてしまいたいことが山ほどあるのですから。だいたいおじさんの名前は、本当は「スクルッタ」ではありません。自分の名前すら忘れてしまったのです。「スクロンケル」など、いろいろな名前をためしに使ってみて、ようやく「スクルッタ」に落ち着きました。おじさんは、名前がないとどこにも行けない、と思ったのです。

スクルッタおじさんはときどきふきげんになりますが、心の中では、友だちを作り、楽しくすごしたいと思っています。おじさんがなによりも好きなのは、パーティーです。自分がいないところでだれかがパーティーを開いていると考えるだけで、とてもふゆかいな気分になります。

だれかが内緒^{ないしょ}でパーティーを開いているん
じゃないかと、おじさんはしょっちゅう疑って
います。少し目が悪いため、洋服ダンスの鏡に
映る自分の姿をムーミンのご先祖さまだと勘ち^{かん}
がいして、話しかけたことがなんどかあります。

スクルッタおじさんは、子どものころの思い
出の谷——たくさんの魚が泳ぐ小川のある楽し
い場所——をさがしに出かけることにして、ぼ
うしとガウンを身に着けました。思い出の谷と
いうのは、もちろんムーミン谷のことでした。
おじさんはそこで、自分のためにパーティーを開いて
もらったばかりでなく、思い出のなつかしい小川で、は
じめて魚を捕^{つか}まえたのです。

「魚じゃ、魚！　魚がとれたぞ！」
と、おじさんはさけんでいました。
パーチを持って、うちょうてんになっています。
『ムーミン谷の十一月』

169

はい虫のティーティ＝ウーと
サロメちゃん

「あたし、サロメっていうの」鏡を見てこわがっていた、あのはい虫が、かぼそい声でいいました。

『ムーミン谷の冬』

ムーミン谷には、「はい虫」と呼ばれる小さな生きものがたくさん住んでいます。はい虫はとても小さく、とてもはずかしがりやで、たいていはほかの生きものとかかわろうとしません。いつもびくびくしていて、とつぜんのもの音や、見たことのない変わったものを怖（こわ）がります。ふだんは静かですが、悲しいときや動揺（どうよう）したときには、わっと泣きだします。スナフキンはあるとき、森で一匹のはい虫と出会い、ティーティ＝ウーと名づけたことがあります。小さなはい虫たちは、ムーミン谷の絵の中のあちこちに描（か）かれています。谷には、実にさまざまな形と大きさの生きものがおおぜいいるのです。

サロメちゃんも、小さなはい虫です。ある年の冬、ムーミン屋敷（やしき）にやってきて、そのまましばらく住むことになりました。とてもおくびょうで、いつも小声でしか話さないサロメちゃんが、ひと目で好きになったのは、意外なことに、だれよりもにぎやかな、スキーをするヘムレンさんでした。どこにでもうっとりとついていき、ヘムレンさんをさがして吹雪（ふぶき）の中で姿が見えなくなってしまったこともありますが、ヘムレンさんが深い雪の中からサロメちゃんを救い出し、看病してくれました。おかげでサロメちゃんは、とても幸せになりました。

なぜかはわかりませんが、みんなのなかでいちばん気のよわい、
はい虫のサロメちゃんだけが、ヘムレンさんのことをほんとうにすきになりました。
ヘムレンさんのラッパの音を聞くのが、たのしみでたまりません。
なのに、かわいそうに！　ヘムレンさんはとても大きくて、
いつもせかせかとうごきまわっていて、ちっともサロメちゃんに気づかないのです。
『ムーミン谷の冬』

王さま

わたしは生まれてはじめて、ほんものの王さまを目にしたのでした！
王さまはたいそうなお年らしく、しわくちゃでしたが、にこにこしていました。
音楽をききながら、足でひょうしをとっているので、玉座までいっしょにゆれていました。
『ムーミンパパの思い出』

王さまはしわだらけで、とても陽気です。だれかに「陛下」と呼ばれると「我々をジョーンズと呼んでくれ」と答えます。百歳の誕生日にすばらしい園遊会を開いた王さまは、玉座にすわり、ときおり霧笛を大きく鳴らしていました。園遊会には、ムーミンパパやフレドリクソン、ヨクサル、ミムラねえさんなどが出席しました。

　王さまは、園遊会に来るお客のために、とんでもない遊歩道を作りました。この遊歩道を進むと、とちゅうで、巨大な作りもののクモに驚かされたり、噴水をあびてずぶぬれになったり、怒った牛におそわれたりします。それぞれのいたずらのあとには、「怖かったろう！」などと書かれた大きな立て札があらわれます。お客をつまずかせるために、シロップの入ったおけまで置かれていました。王さまは、いたずらが大好きなのです。

　園遊会には、メリーゴーラウンドやブランコやちょうちんもありました。

　でもなによりすばらしかったのは、王さまが考えた福引きでした。あたりの茂みや木の中や岩の陰に、色をぬった、数字が書かれた卵が隠されていたのです。卵を見つけたお客さんは、賞品をもらえます。一番たくさん卵を見つけたのは、ニブリングたちでしたが、賞品に代えずに、卵を食べてしまっていました！　賞品には、いろいろなものがありました。食べられるもの、実用的なもの、とても変わったもの。けれど、そのどれもが、もらったお客さんにぴったりのものでした。

王さまの
福引きの賞品

- ✸ チョコレートでできたボール
- ✸ ガーネットの飾(かざ)りがついた、シャンパンをまぜる棒
- ✸ さめの歯
- ✸ たばこの煙(けむり)の瓶(びん)づめ
- ✸ 真珠(しんじゅ)がついたオルゴール用のねじ巻き
- ✸ ヘムレンの形をしたわたあめ
- ✸ 回転のこぎり
- ✸ 海泡石(かいほうせき)の電車（ムーミン屋敷(やしき)で、ムーミンパパがパイプを入れているあの電車にちがいありません）

「わが民よ！
まぬけで、ぼんやりした、
頭のたりないものたちよ！
そちらひとりひとりに、
それぞれふさわしい、
まさにぴったりの景品が
あたったことじゃろう」
『ムーミンパパの思い出』

流しの下の住人

「まゆ毛がすごくもじゃもじゃしてて、すてきですね」
ムーミントロールは、ていねいにことばをつづけました。
『ムーミン谷の冬』

ムーミン屋敷の台所の流しの下には、謎めいた生きものが暮らしています。おしゃまさんはムーミントロールに、その生きものの名前は文字どおり「流しの下の住人」なのだと教えてくれました。小さくて毛むくじゃらのその生きものは、よくわからないふしぎなことばをしゃべり、目の間がせまく、眉毛が驚くほどもじゃもじゃしています。ムーミントロールは、その生きものと話をしてみようとして、ビスケットのかけらで誘ってみましたが、流しの下の住人はただ「ラダムサ」「シュナダフ、ウムウ」といって怒りだし、消えてしまいました（きっと流しの下にもどったんでしょうね）。

おしゃまさんが説明しました。
「この生きものは、じぶんだけのことばを使うの。
どうやら、あんたがいったことに、きずついたみたいね」
『ムーミン谷の冬』

ガフサ夫人

ガフサ夫人は、ケーキをほめ、さとう入れをほめ、ほかにも思いつくかぎりのものをほめましたが、
花びんの花については、なにもいいませんでした。それはそうでしょう。
ガフサ夫人は、育ちがいいのです。こんなにひんまがった枝が、
お茶のセットとあうわけがないことくらい、すぐわかるというものです。
『ムーミン谷の仲間たち』

ガフサ夫人は上品で（少なくとも上品になろうととても努力していて）、手袋をはめ、礼儀作法は完ぺきです。趣味のよさやエチケットについて一家言持っていますが、それを人におしつけないようにせいいっぱい気をつけています。さまざまな用事でムーミン谷を走りまわっている姿がよく見られます（ガフサ夫人の家は、山の間の入り江にあります）。心配性のフィリフヨンカと友だちで、ときおりたずねてお茶を飲みますが、ガフサ夫人は実のところ、フィリフヨンカのことがよく理解できず、かぞえきれない恐れや心配について、なんと言ってあげたらいいかもよくわかっていません。人にアドバイスをするのが好きで、少しばかり気配りがたりないところがあります。ガフサ夫人をひとことで言えば、善意の人ではあるけれど独善的、というのがぴったりかもしれません。

セドリック

セドリックは、生きものではなく、小さなぬいぐるみの犬です。首輪には、以前はムーンストーンがついていました。セドリックはスニフのぬいぐるみです。古くてぼろぼろですが、スニフはセドリックが大好きです（だからこそ、ぼろぼろになったのかもしれません）。驚いたことに、スニフはそのセドリックを、ガフサ夫人の娘にあげてしまったことがあります。ムーミントロールに、そうすれば幸せになれる、と説得されたからです。

> 「ほんとにすごく大すきなものをだれかにやったら、
> あとで十倍もいいことがあって、うれしい気持ちになれるよって、いわれたんだもの」
> **『ムーミン谷の仲間たち』**

でも、スニフは幸せにはなれませんでした。それどころか、眠ることも食べることも話すこともできなくなり、ひとりぼっちで悲しみながら、セドリックをあげなければよかった、と思いました。セドリックがいなくなって、それほど悲しかったのです。ところがある日、スニフは雨の中に置き去りにされていたセドリックを見つけ、家に持ち帰ります。首輪のムーンストーンと両目はなくなっていましたが、スニフはそれまでと同じようにセドリックをかわいがりました。

ムーミン谷の
魔法

「ひとりひとりに、少しばかりの魔法をおくろう」
『たのしいムーミン一家』

　ムーミン谷は魔法に満ちた世界です。この世にふたつとないすばらしい場所だというだけでなく、本物の魔法も起きるのです。いつなんどき、おかしなことやすばらしいことが起きてもふしぎではなく、現にちょくちょく、ものが形を変えたり、目に見えなくなったり、空を飛んだりします。

でも、ムーミンママは、そのことにはちっとも気づかずに、
念のためにと、かぜのくすりに、ちょっとしたおまじないをとなえました。
ママのおばあちゃんにおそわった、おまじないです。
『ムーミン谷の冬』

ムーミンママが日々となえるおまじないや、スノークのおじょうさんの、夢で見たことを現実にするおまじないなど、魔法（まほう）はいたるところにひそんでいます。そんなムーミン谷に、さらに飛行おにの魔法（まほう）のぼうしがあらわれ、あれやこれやの災難や騒動（そうどう）が持ちあがります。

飛行おにのぼうし

そんなわけでムーミントロールたちは、飛行おにのぼうしを見つけ、
家に持ち帰ったのでした。
まさか、このせいでムーミン谷に魔法（まほう）がかかって、
やがてつぎつぎにふしぎなできごとに出会うことになろうとは、
思ってもいませんでした……。
『たのしいムーミン一家』

スニフが山の上で見つけたぼうしは、ムーミン谷に大騒動を巻きおこしました。なにしろそれは、ただのぼうしではなく、強い魔力を持つ飛行おにの魔法のぼうしだったのです。そのぼうしの中に少しの間なにかを入れておくと、まるきり別のものに変身してしまいます。そのせいで、とんでもないことが起こりました。ムーミントロールがこのぼうしをかぶったら、鍋つかみのような耳とスープ皿のような目をした、（ムーミン谷の基準から見ても）へんちくりんな生きものに変わってしまったのです。それがムーミントロールだとはだれも見ぬけませんでしたが、ムーミンママだけは別でした。目をのぞきこんだだけで、息子だとわかったのです。その後このぼうしは、じゃこうねずみの入れ歯を、じゃこうねずみがことばにできないほど恐ろしいものに変えてしまいました。それがいったいなんだったのかは、いまだに語られていません……。

けれども、すてきなものが出てきたこともあります。卵の殻のかけらは、ふわふわした小さな雲に変わりました。雲は、ムーミン屋敷のベランダへただよい出て、ムーミントロールと友だちのすてきな乗りものになり、くつろいだ（ふわふわとした）気分を味わわせてくれました。どうもうそのもののありじごくは、小さなかわいらしいはりねずみに変わり、ごくふつうの川の水は、とてもおいしい木いちごのジュースに変わったのです。わたしはいまも、このジュースを飲んでみたくてたまりません。

「こんどは、ふたりでちょっぴり空の旅をしてみない?」
と、ムーミントロールがさそってみると、
スノークのおじょうさんは「もちろんよ」とこたえて、雲をあやつって、
となりへやってきました。「どこへ行こうかしら?」
『たのしいムーミン一家』

魔法の力を持つ飛行おに

世界のはてに、高く切り立った黒い山があります。雲に囲まれ、岩肌がなめらかなこの山のてっぺんには、窓も戸も屋根もない、陰気な家が立っています。これが、謎に満ちた飛行おにの暮らす家です。

「飛行おには、どんなものにも姿を変えられるんだ。
だから、かくされたお宝があるとなりゃ、地下にもぐることはもちろん、
海の底におりていくことだって、できるのさ」と、スナフキンがこたえました。
『たのしいムーミン一家』

飛行おには、つややかな黒ヒョウにまたがって空を飛び、光よりも速く宇宙を進みます。毎晩、赤く光り輝くルビーをさがしに出かけ、黒いぼうしに集めてきます。ルビーにとりつかれているのです。飛行おにの家の中には、ルビーがそこかしこにつまれ、壁にもはめこまれて、猛獣の目のように光っています。

「飛行おにのすみかには屋根がなくてね、上をながれる雲は、
ルビーのかがやきで、血のように赤く見えるそうだよ。
そいつの目も、赤いんだ。暗やみで、ぎらぎら光るんだってさ！」
『たのしいムーミン一家』

飛行おにには、本物の魔力があります。その力で、なんでも望みどおりの姿に変身できますが、ふだんはぎらぎら光る赤い目をした、あごひげのある男の姿で、白い手袋をはめ、黒いマントをはおり、黒いシルクハットをかぶっています。

飛行おにが食べているあいだに、みんなはそろそろと近よっていきました。
パンケーキにジャムをつけて食べるような人が、そんなにあぶないはずはありません。
話しかけても、だいじょうぶでしょう。
『たのしいムーミン一家』

飛行おには、みごとなルビーのコレクションを持ちながらも、この世でもっとも貴重な「ルビーの王さま」を見つけるまでは、幸せになれないと思っていました。これは世界最大のルビーで、ヒョウの頭ほどもあるのです。飛行おにはこの宝石を何百年もさがしつづけ、魔力を駆使して、一番遠い惑星までもさがしに行きました。そうしてこのルビーが、ほかでもないムーミン谷にあるのを見つけたのです。

あれこそが世界でいちばん大きなルビー、ルビーの王さまにちがいありません！
飛行おにが何百年ものあいだ、さがしつづけていたものです。
飛行おにはさっと立ちあがり、目をぎらぎらさせて、手ぶくろをはめ、マントを肩にはおりました。
『たのしいムーミン一家』

ムーミン一家と仲間たちは、はじめのうち、飛行おにのことをとても怖がっていました。無理もありません。けれどもすぐに、飛行おにがみんなに危害を加えるつもりはないということがわかりました。それどころか、飛行おには最後に、強力な魔法を使ってみんなの願いをかなえる、というすばらしいプレゼントをくれたのです。

「さあ、願いごとをするがいい
——まずはムーミンの一家からだ！」
『たのしいムーミン一家』

ムーミン谷の仲間の願いごと

* **ムーミンママ**は、スナフキンがムーミン谷からいなくなったせいで、ムーミントロールがもう悲しまないように、と願いました

* **ムーミントロール**は、食べものや飲みものがたくさんのったパーティーのテーブルが、スナフキンのところに飛んでいくように、と願い、そのとおりになりました（おかげで、これからたっぷり食べようと思っていた人たちは大あわてでした）

* **じゃこうねずみ**は、飛んでいったテーブルにのっていた自分の本を取り返したいと願いました。もどってきたとき、本のタイトルは、『すべてがむだであることについて』から、『すべてが役に立つことについて』に変わっていました

* **ムーミンパパ**は、「思い出の記」をとじる、表紙がほしいと言いました（ムーミンママの思いつきです）

* **スニフ**は、自分だけのボートをたのみました。真っ赤な帆と、エメラルドでできた櫂受けのついた、貝がらの形をしたボートです。エメラルドには、とりわけこだわりました

* **ヘムレン**さんは、スコップをこわしてしまったので、新しいのをお願いしました

* **スノークのおじょうさん**は、木でできた船首飾りの女王さまのような、大きな目になりたいと願いました。けれども、ムーミントロールがその目を気に入らないとわかったとたん、自分の願いを後悔しました

* **スノーク**は、しぶしぶではありますが、スノークのおじょうさんの目がもとどおりになるように、と願ったため、自分の望みをかなえるチャンスを逃してしまいました（スノークがほしかったのは、正しいものと正しくないものを見分ける機械か、タイプライターでした）

* **トフスランとビフスラン**は、「ルビーの王さま」とそっくり同じルビーを出してもらい、飛行おににプレゼントしました。飛行おにはそれを「ルビーの女王さま」と名づけ、このうえなく幸せになりました

夏至の前夜の魔法

けれども、夏まつりの魔法は、いちどはじめてしまったら、さいごまでやりとおさないといけないのです。
そうしないと、なにがおこるか、わかったものではありません。
『ムーミン谷の夏まつり』

夏至の前夜は、一年の中でもっとも魔法の力が強まるときのひとつで、それはムーミン谷でも同じです。スノークのおじょうさんは、この特別な夜にとなえるおまじないを、だれよりもよく知っているようです。毎年のようにスノークのおじょうさんは、大きなたき火が燃えつきたあとで、九種類の花を摘み、枕の下に置きます。こうすると、その晩見た夢が本当になるのです。

けれどもこのおまじないをうまく働かせるためには、花を摘んでいるときから次の日の朝まで、ひとことも口をきいてはいけません。これは、おしゃべりが大好きなスノークのおじょうさんにとっては大変な難題です。けれども、スノークのおじょうさんが言うには、毎年これをやりとげて、その晩見た夢——いつもすてきな夢だそうです——が、本当になったそうですよ。

これだけならいいのですが、花を摘んではいけない公園にいるときには、話は別です。スノークのおじょうさんとフィリフヨンカが、もうひとつ別のおまじないをためしてみようとしたときのことでした。それは、公園の井戸の水に、将来結婚する相手の顔が映る、というおまじないでした。ふたりがおまじないの手順にきっちりと従って、うきうきしながら「摘むべからず」の花を摘み（だって、「べからず」という立て札は、だれかさんが全部たき火で燃やしてしまっていましたから）、ついに井戸の中をのぞきこんだとき、ふたりの目に映ったのは、なんと、怒りに燃えた大きなおまわりさんのヘムルの顔でした。ヘムルは、ふたりのすぐうしろに立っていたのです。

「いいこと、このあとはひとことも口をきいちゃだめよ、でないと、ぜったい結婚できないんだから！
さあ、いち、にの、さん！」
『たのしいムーミン一家』

スノークのおじょうさん流の夏至の前夜のおまじない

スノークのおじょうさんによると、将来の結婚相手を見るためには、おまじないをとなえてから、次のとおりにします。

1. 足踏みをしながら、ぐるぐると七回まわる

2. うしろ向きに井戸まで歩く

3. 井戸の方を向いて、中をのぞく

4. 水面に、あなたが将来結婚する相手の顔が見えてくる

注意：このおまじないは、たとえきくとしても、夏至の前夜にしかきき目はありません（その結婚相手が自分に似ているようなら、自分の顔が水に映っているだけかもしれませんよ）。

警告：井戸に向かってうしろ向きに歩くのは、近くにおまわりさんのヘムルがいようがいまいが、安全とは言えません。

ムーミンパパの
水晶玉
<ruby>水晶玉<rt>すいしょうだま</rt></ruby>

それは、ムーミンパパがだいじにしている
水晶玉でした。その青色にかがやく
とうめいな玉は、魔法の玉で、
庭の中心であり、ムーミン谷の中心であり、
ひいては、世界の中心でもあるのでした。

『ムーミンパパ海へいく』

ムーミンパパは、魔法の力がある水晶玉を持っています。夏の日の夕方、ムーミンパパは庭を
ぬけて、宝物の水晶玉を見に行くのを楽しみにしています。水晶玉は深い青に輝くガラスで
できていて、海泡石の台座にのっています。谷にはほかにも水晶玉がありますが、ムーミンパパの
ものが一番きれいです。

ムーミンパパが水晶玉をのぞきこむと、最初は決まって自分の姿が映ります。けれどもしだいに、
水晶玉の奥に小さな姿が見えてくるのです。愛する家族のひとりひとりが、いま、なにをしている
か、どこへ向かっているかが見えるのです。みんなが無事にすごしているとわかると、ムーミンパ
パは安心します。水晶玉の与えてくれるこのあたたかさと安心感が、パパは好きなのです。

ホムサ・トフトは、はじめてムーミンパパの水晶玉を見たとき、ひと目でそれが魔法の水晶玉だ
とわかりました。だからひとりきりになって、じっくり中をのぞきたいと思ったのです。

ホムサ・トフトの目に、庭のおくの台座の上にかざられた、

青いすきとおった玉が見えてきました。

ムーミンパパの水晶玉です。

ムーミン谷のどこにも、これほどすばらしいものはないという、

魔法の玉でした。

『ムーミン谷の十一月』

目に見えない子

「みなさんもごぞんじでしょ、あんまりしょっちゅうびくびくさせられて
いると、だれにも目につかないようになってしまうことがある、って」
『ムーミン谷の仲間たち』

ある日ムーミン屋敷に、ニンニという目に見えない子どもを
連れてきたのは、おしゃまさんでした。おしゃまさんによ
ると、ニンニは心の冷たいおばさんに世話されているうちに、お
ばさんを怖がるあまり、体がだんだんと色あせていき、とうとう
まったく見えなくなってしまったというのです。心やさしいお
しゃまさんは、この子がまた見えるようになるために力を貸して
ほしいと、ムーミン一家にたのみました。

　　姿が見えないだけでなく、ニンニは話すこともありませんでし
た。首につけた小さな銀の鈴が、ニンニが動くたびにチリンチリンと鳴るだけです。ムーミンママ
が、ピンク色のすてきな服とリボンをこしらえてあげたので、みんなにもニンニがどこにいるのか
わかるようになりました（これはわたしたち読者にとっても役に立ちます。挿絵のどこにニンニが
いるか、わかりますから）。

　ムーミンママは、おばあさまの古い手帳を調べてみました。この手帳にはあらゆる病気（「メラ
ンコリー」や「目を悪くしたとき」など）の治療法が書かれていて、その中に、「人が霧のようになっ
て、姿が見えなくなってきたときの手当て」もあったのです。おばあさまの薬と、ムー
ミン一家との気持ちのいいつきあいのおかげで、ニンニはしだいに自信を取りもど
し、少しずつ見えるようになりました。きっと、思いっきり笑ったのがよかっ
たのでしょうね——ムーミンパパのしっぽをがぶりとかんだあとで！

「あんたがたがこの子を変えたんだわ。あのちびのミイより、もっと手がやけるけど。
でもとにかく、姿が見えるようになって、なによりだわ」
『ムーミン谷の仲間たち』

目に見えないとんがりねずみ

見えない前足が、からになったお皿をさげました。

『ムーミン谷の冬』

　ムーミン一家の水あび小屋は、冬の間は、おしゃまさんが暮らす居心地のいい住まいになっています。おしゃまさんはここで、ひとりで暮らしていると思われていますが、実は八匹の、とても小さな、目に見えないとんがりねずみと一緒に住んでいるのです。おしゃまさんによると、とんがりねずみというのは、たいそうはずかしがりやなせいで、とうとう自分の姿を見えなくしてしまった、内気で小さな生きものなのだそうです。

ストーブの上で、なべがぐつぐついいはじめました。
なべのふたがあき、スプーンがなかのスープをかきまわします。
べつのスプーンが、塩を少しスープに入れたあと、もとあったまどのところへきちんともどりました。
『ムーミン谷の冬』

　おしゃまさんは、とんがりねずみがそばにいるのをうれしく思い、うまくつきあっています。ねずみたちはとても働き者で、たのまれなくても、家事をせっせと片づけてくれるのです。一匹（ぴき）のとんがりねずみは特に音楽好きで、とてもじょうずに笛を吹（ふ）きます。笛の音はたいてい、テーブルの下から聞こえてきます。

　おしゃまさんをたずねたムーミントロールは、はじめてとんがりねずみに会いました。もちろんムーミントロールにはねずみの姿は見えませんでしたが、ほかほかと湯気の立つ魚のスープのお皿を運んでもらい、とてもうれしくなりました。

とんがりねずみの仕事ぶり

目に見えないとんがりねずみたちは、こんなことをします。

✸　ストーブに火をつける
✸　食事のしたくをして、食卓（しょくたく）に運ぶ
✸　あと片づけをする
✸　笛を吹（ふ）く
✸　いろいろな手助けをする。りすのお葬式（そうしき）も手伝った
（読みまちがいではありませんよ、そう、りすのお葬式（そうしき）も、です）

ムーミン谷の一年

ムーミン谷の一年

「これでぜんぶぼくのものだぞ。まるまる一年、冬もだ。
冬眠しないで一年を生きぬいた、さいしょのムーミンが、このぼくだ」
と、ムーミントロールはつぶやきました。
『ムーミン谷の冬』

ムーミン谷は、季節によって趣が変わります。ムーミン谷の住人たちは、季節ごとに特別な行事を行い、新しいことに挑戦します。季節の変わり目になると、ムーミン一家は、たとえば、秋の終わりには冬眠の準備をし、夏至の前夜には大きなかがり火をたきます。

一年という歳月の中にはいいときも悪いときもあり、でもなにが起ころうと、季節はいつものようにめぐることを、ムーミンたちはよく知っています。春は夏に変わり、暑い日はもやの立ちこめる秋に変わり、そうして一年の終わりには、冷たい冬がやってきます。いつもそうでしたし、これからもずっとそうでしょう。

これはおわり、そしてはじまり。
『ムーミン谷の冬』

春

「きっと、すてきな夢を見るよ。
そして目がさめたときには、もう、春なんだ」
『たのしいムーミン一家』

春は、ムーミン谷の住人たちがうきうきするときです。冬の最後の何日かがすぎると、消え残っていた雪や氷もとけ、なにもかもが目を覚まし、活動をはじめます。ムーミン一家やほかの生きものたちもみんな、深い冬眠（とうみん）から目覚めます。

ムーミントロールには、いつ春が来たかを知るためのカレンダーは必要ありません。四月、あたたかくなった春の一番はじめの日には、いつだってスナフキンがもどってくる、とわかっているからです。だから、春がいっそう待ち遠しいのです。

「春が来た日に、ぼくはまたここへやってきて、
きみのまどの下でくちぶえを吹（ふ）くよ。
月日がたつのなんて、あっというまさ！」
『たのしいムーミン一家』

それからのひと月は、どんなようすだったでしょうか——
ひるまはお日さまがさんさんとてり、つららがとけ、風が吹いて、空の雲がどんどん流れました。
でも夜はさすようにさむくて、雪のおもてがこおり、月はまばゆくかがやくのでした。
『ムーミン谷の冬』

　春のはじめは、まだ冬のなごりが残っています。川には、固く凍っていた氷が割れて流れ、雪は
とけ、冬の住人たち——寒い季節にだけ谷にあらわれる、見慣れない生きものたち——が、のろの
ろと歩いていくのが見られます（とはいえ、どこへ行くのかは、よくわかりません）。ほかにも、
新しい季節がやってきたしるしがあります。おしゃまさんもムーミントロールも、春のおとずれを
においで知ることができます。ムーミンの鼻が大きいことを、思い出してください。

　ムーミン谷で最初のカッコウが鳴くと、続いて、北へ向かう鳥たちがさえずります。弱々しかっ
た日ざしがあたたかくなってきて、日が長くなります。ムーミン谷に、とうとう春がやってきたの
です。

ある春の日の朝四時に、今年はじめてのかっこうが、ムーミン谷へとんできて、
ムーミンやしきの青い屋根にとまると、「カッコー！」と八回なきました。
なんだか声がしゃがれていますが、むりもありません。春といってもまだ少し、はやかったからです。
『たのしいムーミン一家』

そこらじゅうで、長い冬のねむりからさめたばかりの
小さな生きものたちが、ねぼけたようすであたりを
さがしまわり、前のすみかをまた見つけると、
せっせと服の虫干しをはじめたり、
口ひげをとかしたり、
春の大そうじをしたりしていました。
　　　　　　　　　『たのしいムーミン一家』

　ひとたびはっきり目覚めると、みんな、忙しく働きはじめます。冬じたくでしまいこんだカビく
さいものに風をあてたり、古いものを処分したり、ほこりを払ったり、春の大掃除がはじまります。
ムーミン谷の住民たちの中には、新しい家を建てるのに忙しいものもいます。みな、たがいに「春
になっておめでとう！」と、明るくあいさつをかわします。

　植物が育ち、土の中から茶色い球根の芽がぐんぐんの
びはじめます。糸のように細い根が、雪どけ水を求めて
くねくねとのびていきます。毎日、新しい命が生まれ、
新しいことがはじまります。

「もうすぐ春だって、
あんたは感じない？」
　『ムーミン谷の冬』

この日、春は、詩にうたわれるような春でいるのはやめて、
ただのびのびと、たのしくやろう、ときめたようでした。
空には小さな雲をちりぢりにとばし、屋根という屋根から、のこった雪をふきとばし、
あちこちに小川をつくって、思うぞんぶん、四月のあそびをしました。
『ムーミン谷の冬』

　まだ春になるずっと前に冬眠から目を覚まし、生まれてはじめて、長い冬の数カ月を起きたまま
すごしたムーミントロールは、貴重な教訓を学びました。春が来て、ムーミントロールとスノーク
のおじょうさんは、クロッカスが土から芽を出しているのを見つけました。スノークのおじょうさ
んは、クロッカスを霜から守るために、ガラスのおおいをしてあげましょう、と言いました。けれ
ど、ムーミントロールは反対しました。すべてのものが、いろいろなやり方で季節にためされ、苦
しい時期を経ることで強くなるのだと、学んだからです。

「じぶんでがんばらせてやろうよ。
少しくらい、うまくいかないことがあるほうが、
しっかり育つと思うよ」
『ムーミン谷の冬』

夏

「あれは、ぼくにだ。ママは、毎年夏になると、
さいしょにつくった木の皮の船を、
いちばんすきな子にくれるんだもの」
と、ムーミントロールは思いました。
『ムーミン谷の夏まつり』

ムーミン谷の夏は、昼はおだやかな日ざしがそそぎ、夜もあたたかです。ひと晩じゅう明るいままの時期もあります。夏は、海岸へ行ったり、森でピクニックをしたりして、のんびりする季節です。ムーミンたちは、足の裏にさわる砂の感触や、冷たく青い海で泳ぐのが大好きです。

毎年夏になると、ムーミンママは、木の皮で小さな船を作り、ムーミントロールにプレゼントします。ムーミントロールはこの毎年の贈りものを楽しみにしていて（それが帆前船ならなおさらです）、小さな船が池を進むのを見るのが大好きです。

　六月の夏至の前夜には、盛大にお祝いをします。一年のうちで日が一番長い夏至を祝うため、ムー
ミン谷では大きなかがり火をたきます。ムーミン谷にすむみんなは、それを楽しみに集まります。
海岸沿いで燃えているたくさんの夏至のかがり火の中で、ムーミンたちの火が、いつも一番大きい
のです。

　　　その晩、ムーミントロールはぜんぜんねつけませんでした。
　　横になったまま、明るいまどの外をながめていました。六月は、夜でも明るいのです。
　　　そこらじゅうから、さびしそうな小さな声や、カサコソいう音、
　　　かすかな足音が聞こえます。花のあまいにおいもしていました。
　　　　　　　　　　『たのしいムーミン一家』

　けれども、夏には厳しい面もあります。太陽が何日も容赦なく照りつけ、川の流れは茶色くにごっ
て細くなり、鳥たちはうたわなくなります。小さな生きものたちは日ざしを避け、涼しい木陰にも
ぐりこみます。焦げるようなたえがたい暑さに、ムーミン一家は力をうばわれ、疲れていらいらし
てしまいます。そうです、ムーミンたちも、ふきげんになることがあるのです。

　ムーミンパパは毎年、八月の暑さのせいで大火事が起きるのではないか、と心配しています（ムー
ミンパパは、自分で思っているよりも心配性です）。
ぼやが起きていないか気をつけろ、としょっちゅ
う家族に注意していますが、いまのところ
ムーミン谷では、山火事はひとつも起き
ていません。
　暑いとはいえ、八月の終わりは、ムー
ミントロールが一年のうちで一番好きな
時期です。本人も、どうしてなのかわからな
いのですが。

ムーミンパパは、どこへむかうともなく、庭をぶらぶら歩きました。
かなしそうにしっぽをたらし、ひきずっています。
ここ、ムーミン谷は今、ひどく暑く、ひっそりとしずまりかえっていて、かなりほこりっぽくもありました。
『ムーミンパパ海へいく』

　ムーミン一家はとてももてなし好きで、ムーミンママのなくなったハンドバッグがトフスランとビフスランのおかげで「見つかった」ときのように、なにかと理由をつけてはパーティーを開きます。ハンドバッグが見つかったのは、お祝いの理由としてはとても重要なものでした（一番小さい森のねずみまでもが捜索隊に加わったのですから）。それは、とてもすてきな屋外パーティーになりました。ヘムレンさんが見ごたえのある花火を打ち上げ、ムーミンパパは特製のポンスをこしらえました。そして、谷だけではなく、森や川岸に住む生きものたちも、大きい生きもののためにたくさんのフルーツやサンドイッチを、それから小さい生きものに、とうもろこしやいちごや木いちごを持ってやってきました。そのうえ、すべてがむだであると考えているはずのじゃこうねずみまでが、パーティーの準備を手伝ったのです！　その場には、ハーモニカを吹くスナフキンはいなかったので、ムーミンパパがラジオを持ってきてダンス音楽をかけました。たちまちみんなははねたり、足踏みしたり、ツイストを踊ったりしました。

打ち上げ花火が、八月の空を元気よくのぼっていき、はてしなく高いところではじけると、
白くかがやく星を雨のようにふらせました。
小さい生きものたちはみんな、鼻先をあげ、ムーミン谷へゆっくりとおちてくる星の雨を見て、
わあっと声をあげました──なんてきれいなんでしょう！
『たのしいムーミン一家』

ムーミンパパのポンスのレシピ

「かっしょに、いんぱい！」とトフスランがビフスランにいい、ふたりはおたがいに元気でよかったね、と乾杯しました。
『たのしいムーミン一家』

　ムーミンパパの「ポンス」は、まさに特別な飲みものです。ムーミンパパは、ベランダに置いた木のたるに材料を全部入れてまぜ、栓をして、庭の小道をころがしていきます。みんなはコップにポンスをたっぷり入れてもらい、たがいの健康をいのって乾杯します。

材料

- アーモンド
- ほしぶどう
- ハスのジュース
- しょうが
- 砂糖
- ナツメグの花
- レモン
- いちご酒

それぞれの材料の分量は、あきらかにされていません。分量はとても重要なはずですが……。もちろん、このレシピは秘密です。

ムーミンパパは、ちょくちょく味見をしてみました……
とてもおいしくできています。
『たのしいムーミン一家』

秋

ムーミン谷は、もう秋です。でも、秋が来なかったら、春もまためぐってきませんよね？
『**たのしいムーミン一家**』

秋が近づくと、日がだんだん短くなり、涼しくなってきます。森は空気がよどんでじめじめし、地面は土砂降りの雨でびしょびしょです。秋に実るブルーベリー、つるこけもも、ななかまど、いろいろなこけなどの秋の植物が目立つようになります。もやがかかり、霧が濃くなると、森は謎めいた感じになります。

木々の葉が落ちると、地面は茶や赤、金色のもようでおおわれます。やがて、葉のなくなった木の幹は、まるで舞台の上の灰色の大道具のように見えてきます。きれい好きのヘムルと神経質なフィリフヨンカが落ち葉かきをするのは、ちょうどこのころです。

あちこちに、あざやかな新しい色が見られました。
ななかまどのつやつやした赤い実が、そこらじゅうにあります。
いっぽうわらびは、すっかり茶色くなっていました。
『ムーミン谷の十一月』

　自然の中を旅して暮らしているスナフキンは、秋のおとずれに敏感です。スナフキンにとって秋とは、テントを張っていたムーミン谷を離れ、未知の場所へと移るときです。キャンプの荷物をかつぎ、緑色のフェルトのぼうしをかぶって、スナフキンは、秋に旅立ちます。お別れを言う時間がいつもあるとは限りませんが、ムーミントロールもほかのみんなも、春になればスナフキンは帰ってくるとわかっています。

ある朝早く、ムーミン谷のテントで目をさましたスナフキンは、
秋が来たぞ、と思いました。
さあ、テントをたたんで、でかけなくっちゃ。
『ムーミン谷の十一月』

持ちものをぜんぶ、じぶんのそばに
かきあつめて、そのなかに深くもぐりこみ、
あたたまって、考えごとにふけるのも
すてきです。安全なその基地でなら、
じぶんだけの大事なもの、
たいせつなものを守ることが
できるのです。
『ムーミン谷の十一月』

　秋は、冬に向けて準備をする時期です。旅に出るものもいれば、家に残るものもいます。冬がおとずれたときに、あたたかく守られてすごせるように、食べものをたくわえ、冬眠（とうみん）のための居心地のいい場所をさがします。

　　　　　　　　　ムーミン一家も、いろいろなものを準備します。たとえば、シャベルや、火をおこす虫メガネや、風力計など、春になったらいるんじゃないかと思われるものをあれこれベッドのそばに置き、ぽっちゃりした丸いおなかには、松葉をどっさりつめこんで、冬眠に入るのです。

　寒さと、あらしと、暗やみが、わるさをしかけてくることでしょう。寒さは、かべをさぐってのぼってきて、
しのびこめそうなところをさがすでしょう。でもそんなところは、見つかりっこないのです。どこもかしこも、
きっちりしめてあるのですから。そのときには、なかでひとりぬくぬくと、たのしくわらうことでしょう。
ちゃんと先のことにそなえていたものの勝ちなのです。
『ムーミン谷の十一月』

ムーミン谷
の冬

冬

ムーミントロールは、戸口のふみ段に立って、
冬のふとんにおおわれていくムーミン谷を
ながめていました。そして、「今夜だ。今夜、ぼくたちは、
長い冬のねむりにつくんだ」
と思いました。
『たのしいムーミン一家』

ムーミン谷に冬がやってくると、ムーミン屋敷はひっそりと静かになります。深い寝息と、ときたまだれかのため息だけが聞こえます。ムーミンパパがベッドに入る前にいつもねじを巻く時計も、チクタクいうのをやめてしまいました。ムーミン一家は、屋敷の中で一番大きなストーブを囲んでぐっすりと眠っています。ぶあつい雪の毛布が谷じゅうをすっぽりとおおい、谷が静かに凍りついている間、ほとんどの住人たちも、居心地のいいねぐらにもぐって眠っています。起きているのは、おしゃまさんとほかに何人かだけです。

ムーミン屋敷では、みんなが冬眠に入る前に、ムーミンママがそれぞれにあたたかい毛布を用意し、戸や窓をきちんと閉めます。それからみんなで集まって、長い冬の間もつように、松葉をおなかいっぱいつめこみます。

ムーミンやしきはやがて、まるみをおびた大きな雪のかたまりにしか見えなくなることでしょう。
時計もひとつ、またひとつと、チクタクいうのをやめました。冬が来たのです。
『たのしいムーミン一家』

あたりはしんとしずかで、うごくものひとつありません。
空いっぱいにかがやく小さな星々が、氷をちらちらとてらしています。ほんとうにきびしい寒さでした。
『ムーミン谷の冬』

　冬になると雪が降りますが、嵐や大風、大吹雪になることもあります。冬の中でも一番寒い大寒波とともに、氷姫がやってきます。たまたま出くわして、氷姫に触れられた生きものは、悲しいことにみな死んでしまいます（隠れようともしないばかなりすたち、気をつけて）。

　けれども、暗いことばかりが起きるわけではありません。谷は、きらきら輝く白や青、緑の美しい光に照らされます。オーロラです。それに、起きている生きものたちには、楽しみもたくさんあります。おしゃまさんはいつも雪の馬を作ります！

　ちびのミイは、銀のおぼんがすばらしいそりになり、ティーポットカバーに両手を出す穴をあけるとあたたかい冬のコートになることを発見しました（とても小さいおかげで得するこ

ともあるのです）。にぎやかなヘムレンさんは、ぶ厚く
つもった雪は、そりやスキーにうってつけだと気づ
きました。勇気があれば、凍った池をスケートリ
ンクにしてもいいのです。それに、冬の生きも
のたちはみんな、もちろん雪合戦を楽しみます。

小さくなったり、大きくなったりするかげが、丘の上のかがり火のまわりを、おごそかにおどっています。
だれかがしっぽでたたく、たいこの音が聞こえてきました。
『ムーミン谷の冬』

　おしゃまさんは、山の上で大きなかがり火をたきます。パチパチと音をたてるかがり火がまわり
じゅうを明るく照らすと、たいまつをかかげた冬の生きものの列がやってきます。そして、夜が明
けるまでたいこをたたいて踊ります。この儀式は毎冬、奇妙なルールにそって行われているようで
すが、いつもの年は家でぐっすりと冬眠しているムーミントロールには、まったく見慣れないもの
でした。火が小さくなったころ、モランがあたたまろうとしてやってきて上にすわりこみ、火は消
えてしまいました。

ムーミン谷はまるで夕ぐれのように、うす暗くなっていました。しかも、目にとびこんできたのは、
緑ではありません。一面、白なのです。夏にはうごいていたものも、今はぴくりともしません。
『ムーミン谷の冬』

　冬のさなかにふと目を覚ましたムーミントロールは、生まれてはじめて雪を見たりさわったりし
て、驚きました。

　家族や友だちのほとんどはぐっすり眠っているし、見慣れたものも、雪におおわれたり、冬の光をあびたりして、ちがって見えます。妙に静かな雰囲気です。冬はみじめでさびしいものだ、とムーミントロールは思いました。それにもちろん、ムーミントロールはムーミン族ですから、凍えそうな寒さは好きではありません。

　　　　　「雪って、ムーミンの体にはあんまりよくないんだ。ママがいってたもの」
　　　　　　　　『たのしいムーミン一家』

　ずいぶんあとになってから、柔らかい雪があたたかい鼻の上に落ちるのを感じたムーミントロールは、やっとわかりました。雪はわた毛と同じくらい軽く、鼻に触れると気持ちいいものなのです（雪は地面から生えてくると、ムーミントロールは思いこんでいたのです）。

　　ムーミントロールは思いました。「そうか、冬って、こうなんだ！　なんだかすきになってきたぞ！」
　　　　　　　　『ムーミン谷の冬』

クリスマス

「ママ、起きて。なにかがやってくるらしいよ。みんな、クリスマスだって、いってる」
ムーミントロールは、心配そうにいいました。
『ムーミン谷の仲間たち』

ムーミン一家はふだん冬じゅう眠っているため、クリスマスを祝うことはありません。実のところ、「クリスマス」なんてことばを聞いたことさえありませんでした。そのため、ある雪のつもった十二月、心配性のヘムルがムーミン一家を起こして、クリスマスの準備をするようにと言ったとき、ムーミン一家は少し驚きましたが……眠くてしかたがありませんでした。

ムーミンたちにも、クリスマスが大きくて重要ななにかだ、ということはわかりました。なぜなら、みんながその準備にあわてふためき、走りまわっているようでしたから。ただ、ムーミンたちは、クリスマスというのは、たくさんの食べものやプレゼントをほしがる怖いお客さんにちがいないと考え、なにか恐ろしいことが起こると思いこんでしまったのです。このお客さんは、もみの木をきれいに飾りつけるように要求している、と聞き、ムーミン一家は貝がらやプリズム、赤いバラといったものをつるしました。クリスマスという生きものを本当に喜ばせたいと思ったのです。すべてのしたくが整うと、クリスマスがいまにもやってくるのではないかと怖くなり、ムーミン一家はみんなでテーブルの下に隠れてしまいました！

「「クリスマスおめでと」と、森の子どもが
はずかしそうに、小さな声でいいました。
「そんなことをいったのは、きみがはじめてだぞ」
ムーミンパパはいいました。「クリスマスが来ても、
きみはこわくないっていうのかね?」
　　　　　　　『ムーミン谷の仲間たち』

　その後、ほかのみんなが楽しそうに食べたり飲んだり、プレゼントを開けたりしているのを見て、ムーミン一家はようやく自分たちのまちがいに気がつきました。もう、クリスマスは怖くありません。きれいに飾られたクリスマスツリーを見ながら、みんなはクリスマスを祝いました。

ムーミンママがいいました。「わたし、ねむくなってしまったわ。あんまりくたくたで、
このさわぎがいったいなんだったのか、考える気にもなれないわ。
でもどうやら、すべてうまくいったようね」
　　　　　　　『ムーミン谷の仲間たち』

ムーミンの知恵

「このあわれな罪のない植物学者に、
しずかで平和なくらしをさせてはくれないのかね?」
するとスナフキンが、満足げにいいました。
「平和なくらしなんて、いつまでもはつづかないものですよ」
『たのしいムーミン一家』

「うけいれる心がまえができているものにとっては、
世界はじつにすばらしいものに満ちているんだ」
『ムーミンパパ海へいく』

きゅうにうれしさがこみあげて、
おかしくなりそうな気がしたムーミントロールは、
ひとりになりたくなりました。
『ムーミン谷の冬』

「世の中には、ぜったいにたしかなものが、
いくつかある。
潮のながれ、季節のうつりかわり、
日がのぼること、などだよ」
『ムーミンパパ海へいく』

災害

「災害って、なあに？」
と、スニフがきいたので、ムーミントロールはこたえました。
「こんなにわるいことはないってくらい、わるいことだよ。
地震に、津波に、火山の噴火。竜巻と、伝染病がはやるのも」
『ムーミン谷の彗星』

長年の間には、ムーミン谷もなんどか自然災害やひどい天候に見舞（みま）われました。ムーミン一家は、大洪水（だいこうずい）や火山の噴火（ふんか）から、彗星（すいせい）が地球へ向かってくることまで、ありとあらゆる事態に直面します。幸運なことに、一家はこうした試練をすべて乗りこえ、すばらしい冒険（ぼうけん）をしてきました。

大竜巻（おおたつまき）

竜巻（たつまき）はどこまでものびているように見えました。
しずかにいきおいよく回転しながら、
ゆっくりと近づいてきます……。
『ムーミン谷の仲間たち』

竜（たつ）巻（まき）は、エジプトの砂漠（さばく）からはるばるムーミン谷までやってきました。とても強烈（きょうれつ）な竜巻（たつまき）で、木々は地面から根こそぎにされ、マッチ棒のように飛ばされました。竜巻はその後も勢いを増し、家々の屋根も飛ばされました。

竜巻（たつまき）は、やがてムーミントロールや友だちのところまでやってきて、みんなの体を荒々（あらあら）しく空に向かって吸いあげました。そのあと、別の小さな竜巻（たつまき）が、気の毒なヘムレンさんの大切な切手のコレクションをうばい、空高く巻きあげていきました。ヘムレンさんはあとを追いかけましたが、風にスカートをつかまれ、ヘムレンさん自身も、大きなたこみたいに飛ばされてしまいました。

竜巻のまえぶれでしょうか、つよい風が、はだかの木の幹のあいだをびゅうびゅうふきぬけました。

風はムーミントロールのメダルをむしりとり、もみの木のてっぺんにひっかけました。

そしてスニフをあっちこっちへころがしたうえに、スナフキンのぼうしもさらおうとしました。

『ムーミン谷の彗星』

またあるときは、竜巻がフィリフヨンカの家の屋根を吹き飛ばしました（これは、ガフサ夫人と友だちだった、心配性のフィリフヨンカです）。フィリフヨンカは、家具や大切な持ちものがあっという間に風に飛ばされていくのを、あっけにとられて見ていました。飛ばされたものは、もう二度ともどってこないでしょう。けれどもふしぎなことに、いったんすべてを失うと、フィリフヨンカは自由になり、むしろ幸せだとさえ感じるようになりました。災害を生きのびただけではなく、もうなにひとつ失うものはないのです！

フィリフヨンカは大きく息をついて、
じぶんにいいました。
「さあ、これでもう、こわいことはないわ。
もうだいじょうぶ。
これからは、なんだってできるのよ」
『ムーミン谷の仲間たち』

彗星の衝突

「彗星じゃよ。光りかがやく星が、空のむこうのまっ暗な宇宙から、燃えるしっぽをたなびかせながら、
ながれてきとるんじゃ」と、じゃこうねずみはいいました。
『ムーミン谷の彗星』

最初になにかがおかしいと気づいたのは、哲学者のじゃこうねずみでした。空がどんよりと灰色がかった日が続き、それから赤くなってきました。雨は降らず、ただならぬ気配があたりにただよっています。ムーミントロールとスニフ、スナフキンが、おさびし山の天文台へ行ってみると、みんなが一番恐れていたことが的中しているのがわかりました。天文学者は、彗星が地球に向かって飛んできていて、やがて衝突する、と言うのです。おさびし山を抜けているとき、ムーミントロールたちは、スノークとスノークのおじょうさんにはじめて出会います。きちょうめんなスノークは、彗星は十月七日の午後八時四十二分に地球にぶつかると予測しました。

予測された衝突の日が近づくと、風はやみ、あたりの空気が熱くなってきました。ムーミン谷はまるで巨大なオーブンの中のようでした。だれもが必死になって隠れ場所をさがしています。おびえたムーミン一家は、ぎりぎりで洞穴に避難しました。外で、まるで何百万台ものロケットが一度に発射されたかのような音がしました。そして、地面が揺れました。洞穴の中でムーミンたちは、外の世界はすべて破壊されてしまったのだと思いました……。

もみの木湾の地図

火山の噴火と洪水

ある日、真っ黒いすすが空から舞い落ちてきました。近くの山が火を噴きはじめて、ムーミン谷じゅうがすすだらけだ、とムーミンママは言いました。ムーミンパパとムーミンママが（ずーっと昔に）結婚して以来、こんなことははじめてでした。ちびのミイが、いかにもミイらしく、すべてが燃えあがることを考えてわくわくしている一方で、ムーミンママは洗濯物がすすで汚れることを気にしていました。

ムーミンママがいいました。「まあ、いやだ。今日はなんて暑くて、すすだらけなんでしょう。
火山ってほんと、こまりものだわね」
『ムーミン谷の夏まつり』

　すすは降りつづき、空気はひどく熱くなってきました。その晩、ムーミントロールとスノークのおじょうさんは、ムーミン屋敷の庭が大きく裂けて、地面が口を開けるのを見ました。ムーミントロールの青い歯ブラシは、裂け目にのみこまれてしまいましたが、ふたりのしっぽははさまれずにすみました。そのあと、大きなとどろくような音が海の方からせまってきたので、ふたりはあわてて居間に逃げこみました。火山はくしゃみのようにすすを出すのをやめ、本格的な噴火がはじまりました。そしてその振動が、さらに大きなことを引き起こしたのです。

明るい夜でしたので、なにかとてつもなく大きなものが、
森の木より高いところにあるのが見えました。
白いあわをてっぺんにのせた大きなかべのようなものが、
ますます高くなりながら、こちらへむかってくるようです。
『ムーミン谷の夏まつり』

噴火のあと、谷に洪水がおしよせました。ムーミン屋敷はしっかりと建てられていたので、びくともしませんでしたが、まもなく水が家の中に入ってきました。そして、水かさが増してくると、ムーミン一家は、流されてきたふしぎな建物——あとでさびれた劇場だとわかります——に避難することになりました。やがて水が引きはじめ、最初に姿をあらわしたのは木々の枝でした。ほどなく、ムーミン一家は喜んで家にもどっていきました。

しまいにはみんなが走りだしました。坂をかけあがり、ライラックのしげみの前を通り、まっすぐに戸口のふみ段へ……と、そこで、ムーミントロールは立ちどまりました。ほっとして、大きく息をすいこみ、うちに帰ったよろこびをかみしめました。とてもいい気分です。

『ムーミン谷の夏まつり』

　スナフキンは、以前、火山の噴火を目の前で見たことがあります。巨大な噴火口が開くと、真っ赤な炎や灰の雲や火の精が噴き出してきました。地面があまりに熱くなったので、スナフキンは竹馬で歩くことになりました。

　彗星が近づいてきたとき、スナフキンと仲間たちは、干上がった海底を同じように竹馬で歩きました。スナフキンにとって、これは二度とくりかえしたくない経験だったのですが（竹馬で歩くことではなく、赤く焼けた地面のことです）。

わくわくするような嵐

雷や強風は、ムーミン谷では決してめずらしいものではありません。ムーミン一家が灯台のある島へと船を出したとき、大嵐が直撃し、巨大な電車が通る音のような雷鳴がとどろき、激しい稲光がひらめきました。巨大な波が島に打ちつけ、無理もないことながら、スニフとスノークのおじょうさんはふるえあがりました。

バリバリッ！　頭の上ですさまじい雷がなり、
にわかじたての小さな家は、
ビカッ、ビカッ、とまっ白な光にてらされました。
『たのしいムーミン一家』

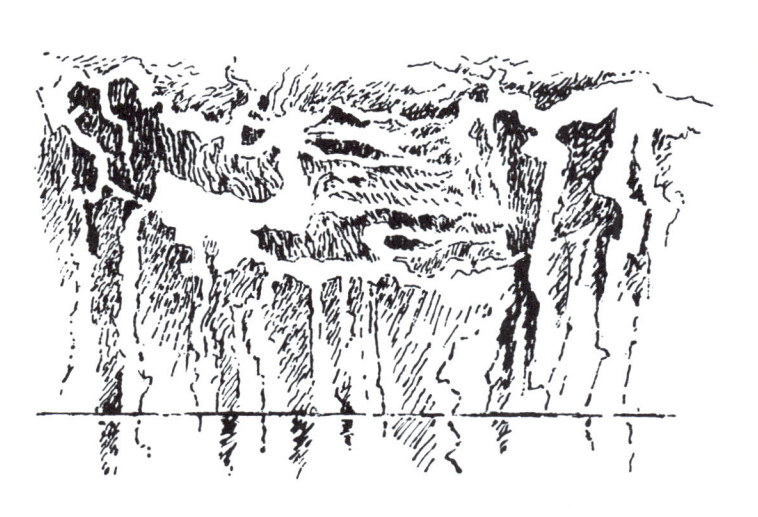

一方、嵐などちっとも怖くないスナフキンは、白や紫に光る稲妻をながめて喜んでいました。実のところ、嵐にわくわくしていたのでした。

雷は、大きなジグザクの光の柱を
何本もならべるようにして、落ちてきました。
まばゆいばかりの閃光に、ムーミン谷全体が
てらしだされました。スナフキンは大よろこびです。
ぴょんぴょんはねまわりながら、
くいいるようにみつめています。
『ムーミン谷の十一月』

けれども、謎めいた生きもの、ニョロニョロほど嵐を喜ぶものはいないでしょう。ニョロニョロは稲妻から発生する電気を求めて嵐をさがし、雷の鳴る場所に何百もの群れとなって集まってきます。雷は、ニョロニョロを充電して、活気づけます。嵐のすぐあと、ニョロニョロをさわると感電してしまうのは、そういうわけなのです（ニョロニョロは、育ちはじめにも、強く電気を帯びています）。

電気をあびてやっと、
ニョロニョロは強くはげしく感じることができて、
生き生きとなれるのでした。
『ムーミン谷の仲間たち』

　ムーミンパパは友だちと、〈海のオーケストラ号〉で航海中、嵐の直撃を受けました。嵐になる少し前に、海は真っ黒になったり灰色になったりして、海おばけや人魚たちがとつぜん姿を消しました。これはまぎれもなく、破滅がせまっている兆しです！　波が激しくうねり、船は強風におされて、投げ上げられたり、ぐるぐるまわったりしながら、水の上を飛ばされていくようでした。
　嵐がようやくすぎ去ると、船はめちゃくちゃになっていました。マストは折れ、オールは流され、ひどいありさまでした。乗組員も、ロッドユールはひどい船酔いになり、顔が真っ青でした。

太陽はかくれてしまいました。　水平線も、見えません。
わたしたちは、黒ぐろとしたおそろしい
災難のただなかへ、
ひきずりこまれてしまったのであります。
波がしらの白いあわが、まるでおばけのように、
とびかっていました。
『ムーミンパパの思い出』

ふしぎな生きもの

「春や夏や秋には出番がないものが、たくさんいるってことよ。
ちょっぴりはずかしがりやさんだったり、ちょっぴり変わったものたちがね。
夜に起きだす変わりものの動物や、まわりとなじめないものたち、
だれもほんとうにいるとは信じていないものたちのこと。
そういうものたちはみんな、ずっとかくれているの。でも、あたりが白く、しずかになって、
夜が長くなり、たいていの生きものがねむってしまうと、出てくるんだわ」
『ムーミン谷の冬』

ムーミン谷には、たまにしか姿をあらわさない、ふしぎな生きものがたくさんいます。その多くは、一年の決まった季節にだけあらわれます。特定の場所に隠れている生きものもいますし、魔力を持つものもたくさんいます。そして、恐ろしい生きものも……。

森の生きもの

　ふしぎな森の生きものは、だれもがよく知っている動物たちにまじって、森の奥深くに住んでいます。ふだんは隠れていますが、木々の間に一瞬姿が見えることもあります。森の生きものには、いろいろな種類がいます。

ときどき、木のかげから、きらきらした小さな目が
ふたりを見つめていました。
地面や枝の上から、よびかけてくる声もします。
『たのしいムーミン一家』

✳ 木の精 ✳

美しい小さな生きもので、木の幹の中に住んでいます。夜になると木のてっぺんまで舞い上がり、枝にぶらさがって体をゆらします。

✳ 水の精 ✳

ムーミン谷のじめじめした沼地や、森の池の水の中か水辺でだけ見られます。

✳ 冬の生きもの ✳

ムーミン谷の冬眠する生きものは、ほとんど目にすることがありません。なぜなら、冬の生きものは、雪と氷の季節にだけ、冬のかがり火をするためにあらわれるからです。春になって、ムーミン一家や眠っていたほかの生きものたちが目を覚ます前に、去っていきます。

なのに、その生きものの姿は、ちっとも見えないのです。この丘におおぜいいるんだろうなあ、
とムーミントロールは思いましたが、まったく見つけられませんでした。
『ムーミン谷の冬』

✳ 火の精 ✳

　火の精は、たとえば火山の
ような、焼けつくように熱い
ところからあらわれます。
　赤々と燃える火のまわりを、
火の粉にまじって飛びまわりま
す。
　スナフキンは、小さな火の
精の命を救ったことがあ
り、お礼に、火から体を守っ
てくれる地下のやけど止
め油をひと瓶もらいまし
た（とても貴重な油です）。

海の生きもの

✳うみうま✳

　海馬というのはタツノオトシゴの別名ですが、ムーミン谷の海岸の沖にいるうみうまはタツノオトシゴとはちがい、ふつうの四本脚の馬に似ています。ただ、住んでいるのは海で、前髪と、体に花もようがあります。ムーミントロールは、家族みんなで島に移り住んだとき、うみうまを見たことがありました。その美しさに、ムーミントロールはうっとりしました。

　うみうまたちは、頭をそらし、たてがみをふって、浜べをはねまわりました。
　うしろで波うっている長いしっぽが、きらきらかがやいています。
　ことばにできないほど、きれいです。うみうまたちも、
　そのことはわかっているようでした。
　　『ムーミンパパ海へいく』

✳ おひめさまの人魚と男の人魚 ✳

魚のようなしっぽがある、人間そっくりの生きもののことは、たとえ自分の目で見たことはなくても、だれでも知っているのではないでしょうか？　ムーミン一家は、ヨットに乗っているとき、へさきのあたりで人魚が踊（おど）るように泳ぐ姿をよく見かけています。

✳ 海にいる危険な生きもの ✳

マメルクのほかにも、海にはいろいろな恐（おそ）ろしい生きものがいます。ムーミン一家が運悪く出くわしたものには、うみへびや、とんでもなく気の荒い大だこもいます！

海中に住むもっとも恐（おそ）ろしい生きもののひとつが、うみいぬです。ほとんどの海の生きものが、このぶきみな犬を恐（おそ）れています。うみいぬは、鼻の先が灰色で、長いひげをだらりとたらし、悪意に満ちた黄色い目をしています。ムーミンパパと友だちを乗せた〈海のオーケストラ号〉（このときは潜水艦（せんすいかん）になっていました）は、うみいぬに追いかけられますが、幸い、竜（りゅう）のエドワードが助けてくれました……エドワードにはそのつもりはなかったのですが。竜（りゅう）のエドワードは、まちがえてうみいぬを踏（ふ）んづけて、殺してしまったのでした。

暗やみのなかで息をひそめていたわたしたちの耳に、
追いかけてくるうみいぬのハアハアいう声が聞こえました。
『ムーミンパパの思い出』

ムーミン主義

おどし文句

ムーミン谷では、おどしたり、警告したりするときや、ののしりことばの代わりに、
あやしげで恐（おそ）ろしい魔物（まもの）、モランの名前をよく使います。

✸「まったくモランなんだから！」
スナフキンがいたずら好きな森の子どもたちをしかったことば

✸「おとなしくしなさい……さもないと、モランに連れてかれるわよ」
ミムラねえさんが、やんちゃな妹、ちびのミイに言ったせりふ

✸「モランにかけて！」「モランみたいないくじなしめ！」
怒（おこ）った竜（りゅう）のエドワードのことば

ムーミン世界の中の変わったことば

✺ **ヘムレンさんとは思えない**　ふつうのヘムレンとはちがう、という意味。

「とてもヘムレンさんとは思えないほどの力を出して、

マメルクのしっぽを持ってひきずってくると、それを火にくべました。」

「おやおや、ヘムレンとは思えないじゃないか」

（ヘムレンさんの行動に驚いたスノークのことば）

「およそヘムレンとは思えない、くそ力」

ニョロニョロから逃れるために柱にのぼったときに、ヘムレンさんはこの力を発揮しました。

✺ **超自然の力**　ムーミンの力を超えた力のこと。

未来の妻となるムーミンママを荒れ狂う海から助けたときに、

ムーミンパパはこのものすごい力を発揮しました。

お祈^{いの}り

ムーミン谷の生きものたちも、ときどき神さまに祈^{いの}ります。

✹ スニフはおびえると、「あらゆる小さい生きもののまもり神」に祈ります

✹ 彗星^{すいせい}が地球にぶつかろうとしたとき、スクルットは、
ムーミントロールを安心させようとして、こんな別れのことばを言いました。
「スクルットとムーミンのまもり神が、いつもきみたちを見守っているよ」

「あらゆる小さい生きもののまもり神」と
「スクルットとムーミンのまもり神」が同じ神さまなのか、
別な神さまなのかは、はっきりしません。

ムーミン谷の意味不明なことば

ムーミン谷のだれにも理解できないようなことばも登場します。
✹ 「ラダムサ」「シュナダフ、ウムウ」流しの下の住人が、
ムーミントロールに向かって言ったことば

✹ 「ガルゴロジムドントローグ」ヨクサルのことば

✹ 「アンティフィリフレースコンスムチオン」ムーミンパパのことば

✹ 「フィリクナルクスースヌフシガロニカ」ヘムレンさんのことば。
ある虫が「フィリクナルクスースヌフシガロニカ」の一種かもしれないと言うのですが……。
でも、まったくのでたらめなことばかもしれません

ムーミンパパが見つけた人生の真理

(くわしくは、『ムーミンパパの思い出』を読んでください。)

ムーミンパパは、自分の人生について語るのが大好きです。若いころの冒険を通して、ムーミンパパが見つけた真理には、次のようなものがあります。

1. ムーミンの子どもは、星の位置が一番いいときに、
   この世に生まれてくるよう、考えてやるべきだ

2. 忙しいときには、だれもヘムル族についての話は
   聞きたがらないものである

3. どの気圧計が網にかかるかは、
   だれにもわからない

4. ペンキがあまっているからといって、
   コーヒーの缶に色をぬってはならない

5. 大きな動物が、みな危険とは限らない

6. 小さな動物が、みなおくびょうとは
   限らない

7. 暗がりで人を助けるのはやめること

では、ムーミンパパはどのようにして、この七つの真理をつかんだのでしょう？

1．〈ムーミンみなしごホーム〉を経営するヘムレンさんが、星図を見て、ムーミンパパはずばぬけた才能を持っていると言ったのです。

2．ムーミンパパは、〈ムーミンみなしごホーム〉を経営するヘムレンさんや、友だちが出会った公園番のヘムル、おまわりさんのヘムルのせいで、ヘムル族にはうんざりしていたのです。

3．パパの友だちのフレドリクソンは、ムーミン谷の小川で、新しい気圧計を見つけたことがあります。

4．コーヒー缶をぬるのに使われた赤いペンキは、まったく乾きませんでした。そしてこの大きなコーヒー缶は、ロッドユールの家でした。ペンキが乾かず、なんにでもくっつくので、ロッドユールは引っ越さなくてはなりませんでした。

5．ムーミンパパは、形や大きさに関係なく、だれとでも仲よくなれます。

6．ムーミンパパが思い浮かべていた小さな生きものとは、ヘムレンおばさんを捕まえて連れ去った、毛むくじゃらのニブリングたちではないでしょうか。

7．かつてムーミンパパは、暗がりで〈ムーミンみなしごホーム〉のヘムレンさんをまちがって助けてしまったことがあります。よりによって、ヘムレンさんを助けてしまうなんて！ ムーミンパパは、そのときのことを「その瞬間が、わたしの苦労の多かった青春時代の中でも、一番さんたんたるものであった」と述べました。

ムーミンの知恵

「この世界は、なんてまあ、変わってるんでしょう！」
ムーミンママがさけびました。
『ムーミン谷の夏まつり』

「ときには、変えてみるのもいいことだわ。
いろんなことを、あたりまえだと思ってしまいがちですものね。
おたがいのこともそうよ」
『ムーミンパパ海へいく』

「長い旅をして、はじめて、
うちがどんなにすばらしいかが、しみじみとわかるんだ」
『ムーミン谷の彗星』

「どうしてないているの？」
と、そばにいたホムサがききました。
「わからないけど、いい気持ちなの」
ミーサはこたえました。
『ムーミン谷の夏まつり』

トーベ・ヤンソンの世界

芸術にできることは？

フランク・コットレル・ボイス

あなたはいま、ムーミン谷に足を踏み入れようとしている。くれぐれも気をつけて。見かけよりもずっと危険なところだから。

いまでこそムーミンたちは長い夏の日の楽しみ方をよく知っているが、彼らはそもそも、歴史と想像力の暗い片すみからあらわれたのだ。もちろん、太陽ののぼらない長い冬のおかげで、ムーミンたちは暗闇には慣れていたのだが。

トーベ・ヤンソンがはじめて「ムーミントロール」ということばを聞いたのは、叔父のエイナルが小さなトロールたちの怖い話をしてくれたときだった。「ムーミントロールたちは台所のストーブの裏に住んでいて、夜になると飛び出してくるんだ。おまえに息を吹きかけたり、感じの悪い長い鼻先をすりつけたりするかもしれないぞ」と、叔父はトーベをおどした。トーベが子どものころつけていた日記には、ベッドの下でトロールたちが動きまわっているのが聞こえる、と書かれている。『ムーミン谷の冬』で、ムーミン屋敷の台所のストーブの裏に住む、小さな毛むくじゃらのご先祖さまがたてる小さな音には、トーベが子どものころベッドの下のもの音にどきどきした経験が反映しているにちがいない。
芸術にできること――小さな子どもたちを怖がらせること。

　ムーミンたちのたてるもの音が最初に聞こえたのがストーブの裏からだったとすれば、その姿があらわれたのは、さらに大きな、危険な影の中からだった。

　ムーミンらしき絵が公表された初期のころの例に、1944年10月に発行された政治雑誌『ガルム』の表紙がある。フィンランドで略奪するヒトラーを容赦なく皮肉った絵の下の、トーベの署名のそばに描かれていたのだ。1940年代のフィンランドで自分の意見をはっきりと言うのは、危険な行為だった。独立して日の浅いこの国は、ふたつの強力な侵略国──ソビエト連邦とヒトラーの第三帝国にはさまれていたからだ。だがトーベの想像の中では、ムーミンたちは常に、正義の声をあげる反骨精神とつながっていた。『ガルム』の表紙に描かれたムーミンに似た生きものは「スノーク」という名で、この生きものをトーベがはじめて描いたのは、弟ペール・ウロフと哲学上の口論をした勢いでトイレの壁に描いた、落書きの中だったという。彼女はその絵の下にこう書いた。「自由が一番！」

芸術にできること──抗議や異議を伝えること。

　トーベの子ども時代は、前の大戦の記憶と、次の戦争がはじまるのではないかという恐れがともに存在する時期だった。父ヴィクトルはフィンランド内戦で戦った。戦争の記憶は逸話や写真にそのまま表われるだけでなく、人の気分や行動にも影響をおよぼす。ヴィクトルと友人たちは、戦いの興奮を追体験するために、よく戦時中の銃剣を取り出して家具を突き刺していた。

　だがヴィクトルは、むっつりとふさぎこむ時期も多かった。陽気でおしゃべりな登場人物がほとんどの児童文学の世界で、ムーミンの世界が際立っている理由のひとつは、だまりこみ、考える時間を必要とする住人たちの多さである。洞穴でひとりで考えごとをするじゃこうねずみ、南をめざし、その冒険の旅については語らないスナフキン。ムーミントロールでさえ、幸せいっぱいのときに、ふとひとりになりたくなる。もっとおしゃべりな登場人物たちも同様だ。ものを集めて整理をするヘムルたち、神経質なフィリフヨンカたち、きりもなく規則を作りつづける公園番。彼らは恐ろしい、不安定な世界に、なんらかの秩序を生み出そうと必死になっているようだ。

　そして、ムーミンシリーズの最初の二冊、『小さなトロールと大きな洪水』と『ムーミン谷の彗星』では、大災害によって住む場所を追われ、引き裂かれる家族の姿がはっきりと描かれている。

　戦争について書かれたすぐれた文学は多いが、『たのしいムーミン一家』のように、戦争が終わった瞬間に人々の間に広がった、これからはなんでもできる、という興奮や、平和になったという強烈な幸福感をとらえた作品は、非常に少ない。もちろん『ムーミン谷の彗星』同様、この本にも戦

争の描写はないが、この作品がすぐさま国内、そして国外でも人気を呼んだのは、人々の間で希望が高まっていたあらわれだろう。冬は終わりつつある。一番はじめに見た夏の蝶々は金色だ。世界は可能性で輝いている。小川では解き放たれた水が音をたてて流れている——この雰囲気は、1947年にトーベがヘルシンキ市庁舎のために制作した大壁画「都会のパーティー」にも見られる。

　トーベは同じような壁画を数多く制作した。彼女は公職についたわけではないが、パブリックアート（公共芸術）を手がけていた。またトーベは、ヨーロッパじゅうに広がっていた、戦争によってそこなわれた子どもたちの想像力を取りもどすために自分たちの芸術を役立てようとする、画家や作家の運動にも参加していた。その中には、ユダヤ人ジャーナリスト、イエラ・レップマンもいた。彼女は1930年代にドイツから逃れたが、戦後に帰国して国際児童図書館を設立した。レップマンは、物語には、共感とほかの国への理解をはぐくむことによって、よりよい新しい社会を生み出す可能性がある、と信じていた。多くの面で一匹おおかみの芸術家であったように見えるトーベだが、この運動の中では大きな役割をはたした。レップマンは第一回国際アンデルセン賞で名誉賞を受賞し、のちにトーベも作家賞を受賞した。

芸術にできるすばらしいこと——よりよい世界を作ること。

風刺画家、パブリックアーティスト、さらにだいじなこととして、フィンランドのある種の文化大使など、トーベの社会的な役割における強みは、彼女の作品がとても個人的だという点にある。彼女のもっともよく知られた絵画は自画像だし（「都会のパーティー」には自画像とともに小さなムーミンも描かれている）、物語の登場人物は家族や友人をモデルにしている。ムーミンパパとムーミンママはまちがいなくトーベの両親がモデルだし、おしゃまさんはトーベのパートナー、トゥーリッキ・ピエティラだ。だが、トーベ自身の性格の特徴を受け継いでいる登場人物も多い。びくびくしがちなフィリフヨンカ、もの知り顔のヘムル族、髪に花をつけた移り気なスノークのおじょうさんなどはみな、トーベの性格が投影されたものだ。そして、ムーミンの物語は、パンケーキ、友情、夏の日々、魔法、とりわけ母親などを、人生におけるすばらしいものとしてたたえている。

わたしたちの欠点や弱さもまた、同じようにたたえられている。憂鬱ですら登場人物になっている。モランだ。トーベはモランをどう描いているだろうか？　そう、モランは恐ろしい存在だ。だれもモランの訪問を喜ばない。だがだれも、やっつけようともしない。避けて通れない相手だからこそ、モランとのつきあい方を学ぶ必要があるのだ。つまり、彼女は世の中のありようの一部なのである。最善の策は、彼女を理解しようとすることだ。『たのしいムーミン一家』の終わりに、ムーミンママのハンドバッグが返されたことを祝うパーティーを描いたすばらしい絵がある。だれもがパーティーに参加している──恐ろしい飛行おにでさえも。なぜならムーミンの世界では、敵を打ち負かしたり恐怖を追いやったりはしないからだ。敵も恐怖も招き入れられ、居場所が準備されている。わたしたちの弱さももろさも、夏の太陽の下に、存在することが許されている。

これこそがトーベが芸術を通してやってきたこと──すべてのものをパーティーに招き、そのままの姿で来てください、と言うこと。

トーベ・ヤンソンの誕生

1914年8月9日、第一次世界大戦が始まったばかりの時期に、フィンランドの首都ヘルシンキで、ヴィクトル・ヤンソンとシグネ・ハンマルステン・ヤンソンの間に女の子が誕生した。その子はトーベ・マリカと名づけられ、のちに有名な画家、小説家となった。だが彼女（かのじょ）が一番よく知られているのは、まちがいなくムーミンの生みの親としてだ。ムーミンのキャラクターたちは、児童文学の世界でもっとも風変わりで、もっとも愛され、もっとも人気のあるもののひとつだ。

赤ちゃんのころのトーベ

トーベが幼いころに描（か）いた絵

生まれたその日から、トーベは芸術に囲まれていた。両親はともに芸術家で、トーベは両親がイラストレーションやブックカバー、彫刻（ちょうこく）などを制作するのを見ながら育った。トーベにとっては、鉛筆（えんぴつ）や絵の具、そのほか両親が作品を作る素材がおもちゃ代わりだった。だから、彼女（かのじょ）が鉛筆（えんぴつ）を持てるようになるとすぐに絵を描（か）きはじめたのも当然だった。

1918年、トーベの父ヴィクトルは、手紙にこう記している。

「うちのトーベは、大きくなったら偉大（いだい）な芸術家になると思う。ほんとうに偉大（いだい）な芸術家に！」

トーベの才能は幼いころから明らかだった。この絵はわずか四歳のときに描いたもの

ヤンソン家の日常

たのしくなるとわかっているパーティーのしたくは、
ほんとうにうきうきします。
しかも、来てほしいお客が、
みんな来てくれるというのです。
『たのしいムーミン一家』

スウェーデン語を話すフィンランド人の一家、ヤンソン家の生活は、いつも忙しくにぎやかだった。トーベの両親は働き者だったが、パーティーや社交も楽しむ人たちだった。一家には芸術家の友人がたくさんいて、しょっちゅう家に招いては、そのときどきの芸術や政治について意見を交わしていた。幼いトーベは、そんな大人たちの話し声を聞くのが好きだった。

ドレスアップするトーベ。ヘルシンキにて、1930年代

会話だけでなく、ムーミンたちの楽しいパーティーと同じように、いつも音楽が奏でられていた。トーベの父ヴィクトルがアコーディオンを弾き、やがてそれに合わせて歌や踊りがはじまった。ヤンソン家のパーティーは、ときには何日もぶっ通しで続き、白熱することもあった。そんなとき、銃剣で椅子を突き刺す行為がはじまるのだ。フィンランド内戦で戦ったヴィクトルと友人たちは、戦時の体験を再びなぞることがよくあった。彼は戦争で使った銃剣を捨てずにいたのだ。トーベは、父と男性の友人たちが、まるで敵と戦っているみたいに大声を上げて、籐の椅子を銃剣でかわるがわる突き刺す音を覚えていた。

ヤンソン家にとっては、パーティーや祝いごとは、たとえ戦争中であっても、家族の生活のだいじな一部だった。それによって現実の厳しさを忘れることができたからだ。

ああ、なんて気持ちがいいんでしょう！
おなかいっぱい食べて、飲んで、
なにからなにまでおしゃべりして、
思いっきりダンスをしたあと、
お日さまがのぼる前のしずけさのなか、
家に帰ってねむるのって！
『たのしいムーミン一家』

トーベの父「ファッファン」
（1886-1958）

トーベの両親には、それぞれニックネームがあった。父ヴィクトルは、家族や友人たちの間では「ファッファン」と呼ばれていた。これは学生時代からのニックネームで、ヴィクトルが体育の時間に、「ぼんやりと『ファルファル（おじいちゃん）』のように突っ立っているんじゃない！」と教師にどなられたことからついたということだ。

若いころのファッファンは、スポーツにはそれほど熱心に取り組まなかったかもしれないが、美術には確かにひたむきに打ちこんだ。美術の勉強のためにパリに行き、そこで彫刻に夢中になった。のちにプロの彫刻家となり、像や記念碑の制作で生計を立てるようになった。

トーベの父ファッファン。ペッリンゲ群島にて、1940年

261

ファッファンは男性像よりも女性像の
制作を好んだ。だが、彼が有名になったの
は、フィンランド内戦の英雄たちの記念
像によってだった。もっともよく知られ
る女性の彫像のひとつは、1931年に制作
された「セイヨウヒルガオ」と題された
像で、いまでもカイサニエミ公園に行け
ば見ることができる。また、エスプラナー
ディ公園の噴水の美しい人魚像も、彼の
作品だ。このヘルシンキにあるふたつの
公園の彫像のモデルは、どちらも娘の
トーベだった。

仕事にいそしむファッファン、1950年

フィンランドで彫刻家として生計を立てるのは、容易ではなかった。彫刻家たちは、戦争記念像
でも慰霊像でも、仕事を得るために競いあわなければならないことが多かった。つまり、作ること
はないかもしれない彫刻の案を練るのに時間と労力を注ぐことになる。当然ながらファッファンは
ストレスを抱えていた。すべての仕事を取れるわけではなかったからだ。だが取れたときには、ヤ
ンソン家ではもちろんパーティーが開かれた！

「やれやれ、家族ってときどき、
　めんどうくさいねえ」
と、ムーミントロールはいいました。
『ムーミン谷の仲間たち』

トーベは母を心から尊敬していた。ふたりはとても仲がよく、親友のようだった。トーベが成人してハムが年老いても、ふたりは一緒にすごすのが大好きだった。トーベは、母ほど自分を理解してくれる人はほかにいないと思っていた。

ふたりの弟たち

1920年、トーベが六歳のときに上の弟が生まれ、ペール・ウロフと名づけられた。さらに六年後、下の弟ラルスが生まれた。ふたりとも、ほかの家族と同様に芸術家としての才能に恵まれていた。ペール・ウロフは写真家として才能を発揮し、ラルスは漫画家・作家になった。のちにラルスは姉のトーベがムーミンの連載コミックを描くのを助け、ストーリーと絵の両方を多く手がけた。また、ペール・ウロフもラルスも、短編集や長編小説を出版している。

トーベは弟たちが大好きで、生涯にわたってきょうだい仲はとてもよかった。トーベは子どもを持たなかったが、ペール・ウロフの息子ペーテルと娘インゲや、ラルスの娘ソフィアの伯母であることを楽しんでいた。トーベは弟たちの家族とよく休暇を一緒にすごし、すばらしい時間を分かちあった。特にソフィアはトーベと親密で、成長期には多くの時間をともにすごした。

1962年生まれのソフィアは現在、ヤンソン家を代表してムーミンの著作権を管理している。だれにとっても大変な責任を伴う役割だろうが、トーベが伯母となると、なおさらだ。この本の執筆時、ソフィアは、トーベのムーミン作品の著作権管理のために1979年に設立された会社の会長兼クリエイティブ・ディレクターを務めており、ムーミン作品の楽しさを伝えるために、世界じゅうを旅している。

ペール・ウロフ。1941年

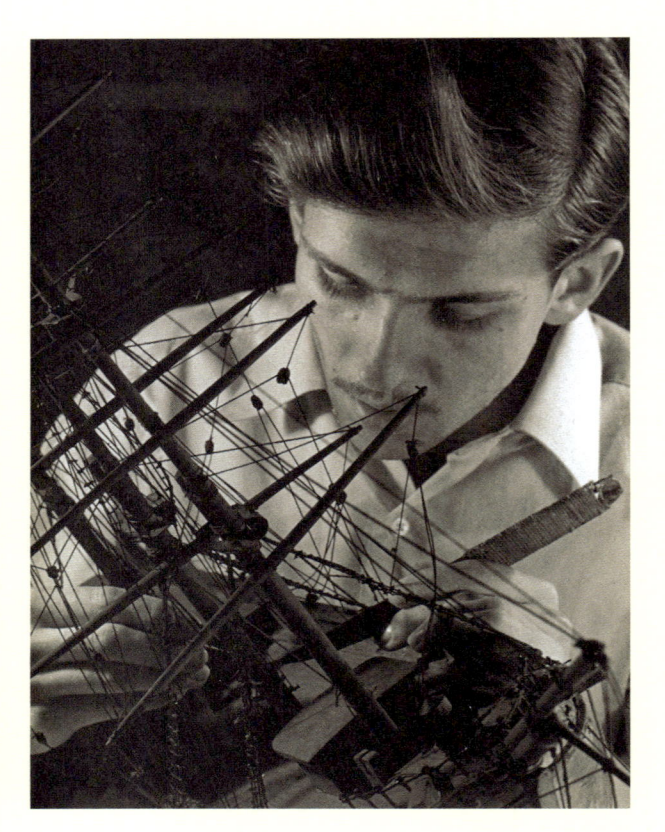

船の模型を作るラルス

ベッリンゲ群島で休暇中のトーベ、甥のペーテル、姪のインゲ。1952年3月

フィンランド内戦（1918 年）

フィンランドは、1809年以来ロシア帝国の一部だった。ロシア帝国は、非常に裕福で強い権力を持つツァーリ（ロシア皇帝）に支配されており、代々のツァーリは、神から支配権を与えられていると信じていた。フィンランドは独自の政府を保ってはいたが、自治権をおびやかすロシアからの圧力は強まっていた。

（地図内の表記）ノルウェー、スウェーデン、フィンランド、ロシア

1917年11月、ツァーリの支配に対して多くのロシア人が蜂起し、ロシア革命が起きた。ツァーリを支持する側は白軍と呼ばれ、対する革命側は赤軍と呼ばれた。ツァーリは倒され、赤軍が実権を握った。この混乱の直後、フィンランドは新生ロシアからの独立を宣言した。

フィンランド国内は二分された。赤衛軍と呼ばれる社会主義政府を求める者たちは、革命を起こし、政府を転覆させようとした。一方、政府を支持する者たちは白衛軍と呼ばれ、両軍が1918年の１月から５月まで戦った結果、白衛軍が勝利をおさめた。そして1919年にフィンランド共和国憲法が成立した。

内戦の間、トーベと母ハムは、スウェーデンのハムの家族のもとに身を寄せていた。一方、政府の大儀を固く信じていたトーベの父ヴィクトルは、1918年はじめに白衛軍に加わった。幸い無事に戦場から帰還したが、この内戦では数万人のフィンランド人が命を落とした。ヴィクトルをふくめ多くの兵士が、戦争を体験したのち、前と同じにはもどれなかった。ヴィクトルはよくふさぎこみ、だまりこむようになった。

叔父たちとの楽しい時間

トーベの母はスウェーデンの大家族の出で、母方の親族たちはトーベの人生、とりわけ成長期に多大な影響を与えた。彼女はスウェーデン人の親戚たちとともに、多くの楽しい休暇をすごした。ヤンソン一家がハムの故郷ストックホルムの親戚たちの家をおとずれることもあったが、夏の数カ月は、スウェーデンの多島海に浮かぶ島の、ハムの家族が所有する家に滞在することも多かった。

トーベは、スウェーデン人の叔父たち、ハラルド、トルステン、エイナルと一緒にすごすのが特に好きだった。叔父たちは三人とも身の毛もよだつような幽霊話をして、トーベを怖がらせ、喜ばせるのが好きで、だれが一番怖い話をできるか競いあうこともあった。トーベは叔父たちの怖い話を聞くのが大好きで、自分でもたくさんの話を作った。年老いてからも、トーベはぞっとするような怖い話を好んでいた。

叔父たちは、自分たちが経験したこともたくさん話してくれた。あるとき、トルステン叔父は、火薬を使って実験をしているうちに、誤って台所のストーブを吹き飛ばしてしまった！ また別のとき、エイナル叔父はおろかにも薄氷の上を歩いてみることにした。案の定、氷は割れて、彼はひどく冷たい水の中に落ちてしまったが、幸い命拾いした。のちにトーベは、叔父たちの武勇伝を短編小説『愛する叔父たち』の中で書いている。だが、叔父たちの性格はおそらくムーミン物語の登場人物にも反映されているだろう。

ふしぎなことに、ミイのような子は、
なんでもうまくやってのけるのです。
『ムーミン谷の冬』

若き出版人トーベ

子どものころのトーベは、スケッチしたり、物語を書いたり、裁縫や手芸をしたりと、次から次へと忙しくなにかを作っていた。驚くべき想像力に恵まれた彼女は、物語を作ることが大好きで、お気に入りの趣味のひとつは、雑誌や本を自分で「出版」することだった。ここにそのいくつかを紹介しよう。

✴ 七歳から十一歳までの間に、トーベは挿絵も自分で描いた小さな物語の本を十四冊作った。ほとんどはおとぎ話や、詩や、幽霊話だった。『青い騎士』『キラキラ姫』『犬のプリック』などだ。『犬のプリック』には犬が死ぬ場面があり、この年齢ですでにトーベがむずかしいテーマをあつかうことを恐れていなかったのがわかる。

『青い騎士』と『犬のプリック』

上：トーベが書いた十二歳（さい）のころの日記。お気に入りの毛皮のズボンについて書いている
右ページ：『プリッキナとファビアンの冒険（ぼうけん）』より。1929年

🌸 トーベは十二歳（さい）から詳細（しょうさい）な日記をつけはじめた。叔父（おじ）のエイナルと泳いだことから、いつもはいていたお気に入りの毛皮のズボンをどうやって作ったかまで、日々のできごとをたくさんのスケッチとともにこまかく書きとめていた。

🌸 十三歳（さい）のとき、トーベの作品がはじめて本物の雑誌に掲載（けいさい）された。フィンランド大統領について書いた「マンネルヘイム万歳（ばんざい）」という題の、イラスト入りの詩だった。

🌸 トーベは、自分で文章を書き、デザインして制作した手作りの雑誌『サボテンのこぶ』を学校で売っていた。

PRICKINAS OCH FABIANS ÄVENTYR av Jove.

Metalljättar flögo med dån där förbi.
„Oj, svansen oss tar!" hördes Fabians skri.
„Prickina, håll fast, håll för all del i!"

Det tycks, som om flygarna tagit till vana
att söka i Nordpol'n plantera sin fana
— i hopp om en ärofull framtida bana.

Nu voro de framme vid världens gräns,
än var dock ej färden på äventyr läns,
„Hu!" ryste Prickina. „Hur kallt det känns!"

Men Fabian, rådig som karlar ska vara,
han lyckades genast problemet klara,
de byggde en hydda av flaggor bara.

Då stördes den husliga lycka och frid.
„Synbarligen utkämpar någon en strid på taket", sa Fabian — alls inte blid.

Fastän han ur Morfei armar blev väckt,
så flydde hans vrede som vindens fläkt.
— Där satt ju en larv av hans egen släkt!

Frenckellska Tr. A.-B. H:fors, Anneg. 32.

Från skyn har kommit ett bud, en sändning,
Sakerna tycks få en underlig vändning.

✸ トーベは、『マティルダと芸術』や『目に見えない力』など、挿絵入りの小説もいくつか書いた。後者は空を飛べる主人公が活躍する、わくわくするような冒険物語だった。

✸ 十三歳のとき、トーベの描いた絵本『サラとペッレと水の精のたこ』が、はじめて本物の出版社から出版されることが決まった。ふたりの子どもが水の中にある空想の世界に行き、たこの赤ちゃんたちの面倒を見るお話だった。この絵本が実際に本屋にならぶまでには五年かかったが、若き作家兼イラストレーターのトーベにとっては、出版が決まったのは最高の瞬間だった。五百マルカの支払いを受けたのだからなおさらだ。

✸ 1929年、十五歳のとき、七回の連載漫画を描いて、子ども向けの雑誌に掲載された。『プリッキナとファビアンの冒険』という、二匹の小さなイモムシの物語だった。

✸ 同じ年、トーベの絵が雑誌『ガルム』にはじめて掲載された。創刊時からトーベの母がかかわっていた政治雑誌だ（トーベは1953年までこの雑誌の挿絵を描きつづけた）。

✸ トーベは、子ども向け雑誌のための作品を書くことになっていた母を手伝ったことがあった。このとき彼女は、表紙と、最後のページに挿絵つきの物語を書いた。あのイモムシたち、プリッキナとファビアンが再び登場する物語だ。忙しい母を手伝えて、さらに家族のためにお金をかせぐこともできたトーベは、とても誇らしく感じた。

学生時代のトーベ

トーベはヘルシンキのブロベリィ校に入学したが、学校を好きになれなかった。特に数学が嫌（きら）いで、落第点を取って再履修（さいりしゅう）しなければならないこともあった。さらに期待はずれだったことに、美術のクラスも退屈（たいくつ）だった。トーベは黒板に先生の似顔絵を描（か）いて、せめて自分自身とクラスメートたちの気ばらしをしたりした。十六歳（さい）になると、トーベは学校を辞め、ついに本当に行きたい道に進むことになった。それは、美術だけをきちんと学ぶことだった。

1930年、トーベはスウェーデンのストックホルムの工芸専門学校に入学した。かつて母も学んでいた美術学校だ。そこでの学びは本当に楽しく、目を開かれることばかりだった。写生や装飾画（そうしょくが）などの新しい技術もたくさん学んだ。トーベはそれらの課目でトップの成績をおさめた。彼女（かのじょ）は「印刷物向けの絵画」を専攻（せんこう）し、広告や本の表紙など、ありとあらゆるイラストレーションの課題に取

1930年代のトーベ

トーベの自画像。1937年

り組み、奨学金やさまざまな賞を獲得した。だが、勉強ばかりしていたわけではない。美術学校での日々は、新しい人々と知りあい、のちに長年のつきあいとなる多くの友人たちと出会ったときでもあった。

「自分の人生をはじめるときが来た！」
トーベ・ヤンソン

　学校を卒業すると、トーベは家族のそばにいるためにヘルシンキにもどり、地元の「アテネウム」ことフィンランド芸術協会美術学校に入った。トーベは美術の中でも絵画が好きだとすでに気づいていたが、それまでよりさらに没頭し、試行を重ねた。だが数年間勉強を続けたのちの1935年、学校を辞めることにした。数人の教師たちがとても退屈で、触発されることがなかったからだ。彼らの発想はトーベには陳腐だった。実際、彼女と何人かの同級生たちは、教師たちの芸術観にひどく反発し、抵抗していた。自信をつけ、独自の方向性を見出しつつあったトーベは、やがてアトリエを借りて、そこで絵画だけに専念するようになった。だが勉強は続け、その後二年にわたって、ときどきアテネウムにもどり、履修を修了した。彼女が芸術に打ちこんでいたことは、だれもが認めるだろう。

　1938年、トーベはパリ留学のための奨学金を得て、四年前におとずれてひと目ぼれした街で勉強することになった。パリは美しい建物やギャラリー、展覧会、芸術家のたまり場などがあり、探検しがいのある刺激的な街だった。にぎわうカフェや露天市でさえも、常にひらめきを与えてくれた。トーベは街じゅうを歩きまわり、片っぱしからスケッチをした。スケッチや絵画の自分なりの画風を考え、確立させていく時間もたっぷりあった。まだ女性がひとりで旅行するのもまれだった時代に、彼女は完全に自立して、ひとりで自由にすごしていた。

　まったくの偶然だが、彼女がパリにいる間に、父のヴィクトルもパリ行きの奨学金を得たので、ふたりは一緒にパリの通りをあちこち歩きまわりながら、とても幸せな時間をすごした。このときのことは、のちにふたりのどちらにとっても、もっとも楽しい思い出のひとつになった。

画家トーベ

トーベ・ヤンソンは、ムーミンのイラストレーター兼生みの親としてもっとも知られているが、彼女は自身をなによりもまず、芸術家——画家だと思っていた。キャンバスに筆を走らせる感触や、色や光や影の描き方を考えるのが大好きだった。トーベの画風は、いくつかの美術学校での学びや、海外への旅、そのときどきの、さまざまな芸術運動の影響を受けながら、生涯にわたり発展しつづけた。

画家トーベ・ヤンソン。ヘルシンキにて、1946～47年ころ

「アトリエ」油彩、1941年

多くの芸術家がそうであるように、トーベにも初期のころからくり返し描きつづけた人物がいる。それは、トーベ自身だった。鏡に映る自分の姿を観察することによって、人の形をよりよく把握し、理解することができるようになった。彼女は自画像の制作を楽しみ、常に人の顔に魅了されていた。展覧会に出品するようにと一番最初に選ばれた作品は、1933年に描いた自画像だった。彼女はインク、墨、油彩、水彩などさまざまな画材を用いて、多くの自画像を描きつづけた。友だちや家族をモデルにした人物画も、好んで描いた。

芸術的なひらめき

トーベの生きた時代は、芸術や文化の世界で、ありとあらゆる魅力的なことが起きた時代だった。たとえばピカソのような芸術家たちは、異なる新たな視点でものを見る試みをしていた。キュビスムは大きな運動になり、その中で画家たちは絵の対象物を分解し、ちがう形や次元で表現するようになった。

1940年以降、抽象表現主義がおこり、なんであるかわかるものを描くのではなく、感情を表現するようになった。トーベの絵画は、1960年代までは具象的なものがほとんどで、なんであるかがわかるものや人を描いていたが、その後トーベは、抽象画も試みるようになり、この手法でも何点かのすぐれた作品を残している。

これ以外のトーベの絵画作品は、文章の形にはしていないおとぎ話の場面など、彼女の想像をそのまま表現したものが多かった。そこには花や木々、少女、鳥、動物などのある、想像上の風景が描かれていた。中には初期のムーミンの絵もふくまれる、暗い不吉な雰囲気の絵もあったが、ほとんどは、夢のような超現実的な印象の絵だった。トーベが子どもだった1920年代以降、シュールレアリズム（超現実主義）がさかんになり、多くの画家たちが自分たちの夢や空想の意味を理解するために、無意識の深い世界を表現しようとしていた。

トーベは熟達した人物画だけでなく、風景画や静物画も描ける多彩な画家だった。だが、画家としての名声が高まるにつれ、彼女は自分の技量をさまざまな形でためされる仕事を得るようになった。戦後、フィンランドでは大規模なパブリックアートの制作を画家に依頼することが多くなった。その背景には、人々のための芸術、つまりだれもが見て楽しめる芸術作品を作ろうという意図があった。これらは、つらい戦争ののち、国民の士気を高める、大規模な芸術作品という位置づけだった。トーベはこうしたいわゆる記念碑的な絵画を多く手がけた。絵の大きさや、はたすべき役割を考えると、芸術的にも、技量的にも非常に大きな挑戦だった。

　1947年、トーベはヘルシンキ市庁舎を飾るふたつの巨大な壁画の仕事を勝ち取った。完成した壁画はどちらも、戦争が終わった喜びに沸く人々を描いていて、都会と田舎それぞれの幸せな光景を表していた。ムーミンファンにとってより重要なのは、一方の壁画に、トーベ自身と一緒に小さなムーミンが描かれていることだ。

トーベ・ヤンソンの壁画「都会のパーティー」、1947年。トーベ自身が前景にすわり、グラスの脇にムーミンが描かれている

　その二年後、彼女は保育所のために幅七メートルの壁画を完成させた。そこにはおとぎ話やムーミンのキャラクターがたくさん描かれていた。このような記念碑的な作品の依頼は、さらに続いた。つまり、トーベの作品はフィンランドじゅうの銀行や寄宿舎、学校、病院など、あらゆる場所で、いまも目にすることができるのだ。

　トーベと芸術家仲間たちは、国内外の芸術や文化の動きに常に敏感（びんかん）だった。芸術、政治、哲学をめぐる熱い議論が深夜におよぶこともしょっちゅうだった。トーベはなにごとにも偏見（へんけん）を持たず、新しい考えにも興味津々（きょうみしんしん）だった。

　1943年、トーベははじめての個展をヘルシンキで開き、それ以降、定期的に作品を展覧会に出すようになった。だが、ときおり絵が売れたり、パブリックアートを引き受けたりするだけではじゅうぶんな収入にならず、ほかに収入源が必要だった。そこでトーベは、広告用のイラストなど多岐（たき）にわたる仕事を引き受けるようになった。グリーティングカードのデザインや絵も多数手がけ、それらは非常に人気を博した。

「都会のパーティー」の制作中に休憩（きゅうけい）を取るトーベ。1947年

トーベが描いたグリーティングカード

　イラストレーターとしても技量にすぐれていたトーベは、幅広い層に向け、魅力的な商業イラストレーションを次々と生み出すことができた。また、画家としても作品が高く評価されるようになった。作品が展示される機会も増え、多くの仕事を獲得した。

　トーベはすぐれた物語作家でもあった。ムーミン作品だけでなく、大人向けの短編や長編も書いている。やがてムーミン作品が成功をおさめるにつれ、トーベは加速度的に忙しくなった。物語を書いて挿絵を描くこと以外に、ボードゲームからアドベントカレンダーまで、実にさまざまなムーミンを使った新しい製品のアイディア作りや制作の仕事が加わったからだ。おかげで絵画に割ける時間はかなり限られるようになった。それでもできるかぎり描くようにしていた。

ムーミンが
生まれるまで

ムーミンはなにものにも似ていない、本当に独特な存在だ。大きな鼻をしたムーミンたちは、これまで子どもの本を飾ってきた者たちの中でも、もっとも哲学的な、驚くべきキャラクターだ。トーベはどのようにしてムーミンのアイディアを思いついたのだろう？　いったいだれから、あるいはなにからひらめきを得たのだろうか？

最初のムーミントロール

　　トーベがはじめてムーミンの原型といえるものを描いたのは、1930年代、屋外トイレの壁、というとても意外な場所だった。カバのような大きな「ムーミンの鼻」をしていて、ムーミンのように直立している生きものだ（だがどういうわけか、ムーミンよりも無愛想な顔だった）。それは家族との休暇中のことで、トーベと弟のペール・ウロフは、ドイツの哲学者イマヌエル・カントをめぐって激しい議論になっていた。カントのなにについての議論だったかだれもはっきりと覚えていないのだが、トーベはなぜか、その議論をきっかけにこのムーミンらしきものを描いたのだ。トーベはその生きものを「スノーク」と名づけ、そのそばに「自由が一番！」と記した。「スノーク」という名はもちろんそのまま残り、ムーミン作品にはふたりのスノーク族が登場する。ムーミンたちと見かけがそっくりの（ただしスノーク族は気分によって体の色が変わるが）スノークとスノークのおじょうさんだ。

　　ムーミン族は、今日では一般に「ムーミン」で通っているが、本来は「ムーミントロール」というトロールだ。たとえばムーミンパパは、「自分が若きムーミントロールだったころ」について語っている。フィンランドはトロールの住む国で、トーベはムーミンのことを、特別なタイプのトロールだと言っていた。ムーミントロールという名は、トーベが叔父エイナルから聞いた物語に由来している。トーベが小さかったころ、エイナルは、台所のストーブの裏に住む、ムーミントロールという謎めいた生きものについて話してくれたのだ。叔父は、もしもトーベが夜中にこっそりとお菓子を取りに一階におりてきたら、ムーミントロールたちがストーブの裏から飛び出してきて、あっ

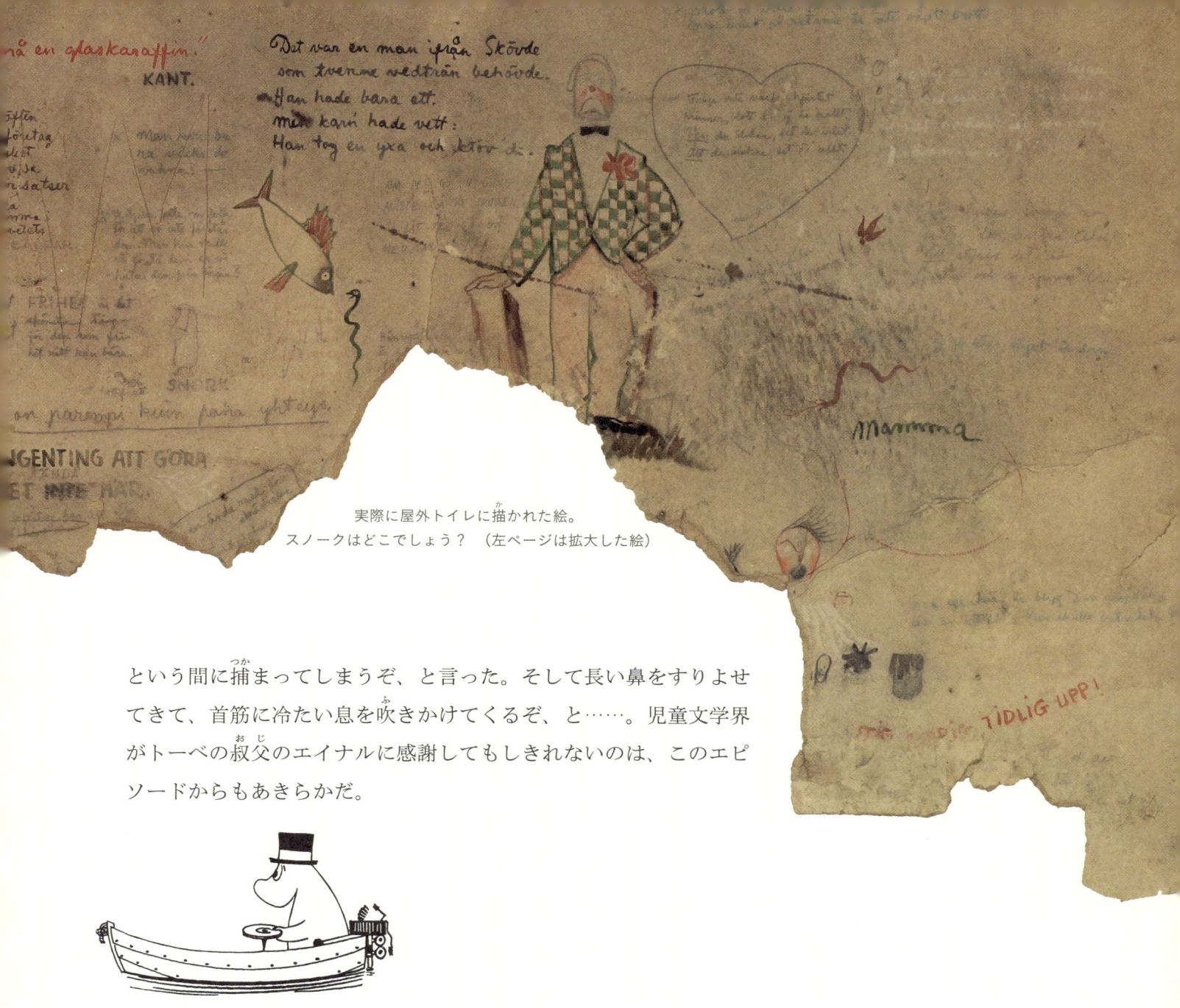

実際に屋外トイレに描かれた絵。
スノークはどこでしょう？ （左ページは拡大した絵）

という間に捕まってしまうぞ、と言った。そして長い鼻をすりよせ
てきて、首筋に冷たい息を吹きかけてくるぞ、と……。児童文学界
がトーベの叔父のエイナルに感謝してもしきれないのは、このエピ
ソードからもあきらかだ。

「夜中に食べるサンドイッチというのは、じつにうまいものだなあ！」
『ムーミンパパ海へいく』

　トーベは子どものころの日記に、このムーミントロールの話がずっと頭から離れなかった、と書
いている。叔父の話に出てきたムーミントロールは、いまではだれもが知っている感じのいい生き
ものとは、まるっきりちがっていた。実際トーベは、彼らが夜、ベッドの下でひっかくような音を
たてたり、彼女のスリッパを引っ張る音を聞くのが怖かった、と記している。

灯台と黒いムーミントロール、水彩。1930年代

　トーベが最初に線画や絵の具で描くようになったムーミンたちは、のちに大人気の本に登場する
かわいくてやさしげな姿とは大ちがいだった。今日ではムーミンはぽっちゃりした体型だが、当時
のムーミンたちはもっとずっとやせていた。とがった耳をして、体の色も黒っぽく、ちょっとぶき
みな感じだった。長い影を引く暗い景色を背景に、たいていムーミンたちだけが描かれていた。

鼻の細いムーミン、1945年

トロールの神話

ト ロールは、何千年もの間、フィンランド、デンマーク、ノルウェー、スウェーデン、アイスランドの北欧諸国の伝承や神話の、中心的な存在となっている。

　それらの物語の中では、山の中に謎めいた生きものが住んでいる、とされている。外見や行動は、その土地土地によって異なる。あるトロール族は巨人のように大きいが、一方では小人のように小さなものもいる。橋の下に住む毛むくじゃらのトロールの話も多い。洞穴に住むもの、岩陰や、小屋に住むもの、城に住んでいるものもいる。だが、どのトロールも陰を好むことでは共通している。太陽の光をあびると石になってしまうからだ。そして神話に出てくるトロールたちは、たいていは動きがにぶく、それほど頭がよくない。人里離れたところに住み、邪魔されることをいやがる。文句ばかり言っている、人間に害をおよぼす恐れのある危険なものもいる。ほとんどのトロールたちは、避けるに越したことはない。

　トーベが初期に描いたムーミントロールたちは、暗く謎めいていて、あきらかに、伝統的に語り継がれてきた神話のトロールたちに根ざしていた。一方、今日のムーミントロールは、体が丸く、親しみやすい姿で、柔らかい毛が生えている。社交的で文化的な生活を送っていて、昔のトロールたちと共通するところはほとんどない。だが、ひとつだいじな共通点がある。それは、彼らの土地に対する愛着だ。彼らはまわりの自然から生まれ、自然の一部として生きる、自然そのものだ。ムーミントロールは神話のトロール同様、その土地の自然から切りはなすことができない存在なのだ。

終戦前の『ガルム』。1944年

風刺漫画家トーベ

トーベはムーミンの本を出版するかなり前から、絵の下に小さなムーミンをサイン代わりに描くようになっていた。1943年発行のフィンランドでよく知られていた政治雑誌『ガルム』に寄せた風刺画の下に、すでに小さなムーミンが描かれている。最初にムーミンらしき生きものが『ガルム』の表紙に描かれたのは、1944年、反ヒトラーの風刺画を表紙にした号だった。トーベは、はじめてトイレの壁に描いたときと同様、この生きものを「スノーク」と呼んでいた。長い尾と細い鼻を持つこのスノークは、雑誌のトーンと同調するように、不機嫌そうに見える。

トーベは、彼女の母親と同じように、『ガルム』のために長年たくさんの絵を描きつづけた。1930年代から40年代にかけては、およそ百冊分の表紙を担当し、雑誌の中のページにも無数の漫画や挿絵を提供した。それらの中には、ソ連（ソビエト連邦）のヨシフ・スターリンなど、よく知られた世界の指導者の風刺画もあった。トーベは、こうした権力者たちがまぬけに見えるように、からかうような絵を描いた。ある表紙ではヒトラーを、まわりにいるみんなからケーキを取りあげようとするだだっ子のように描いている。

トーベは政治についてはっきりとした意見を持っていて、それを口にすることを恐れなかった。世界情勢は不安定さを増し、ヒトラーとその同盟者たちが領土を拡大していたにもかかわらず、彼女は自らを危険にさらすことをいとわなかったのだ。その結果、トーベは頭の切れる、機知に富んだ勇敢な政治批評家として評価されるようになった。終戦後の1946年、『ガルム』は、トーベを「フィンランド一の漫画家」とたたえた。

トーベが『ガルム』の表紙のために描いたスターリン。検閲により実際には使用されなかった。1940年

ムーミンの最初の物語

トーベがはじめてムーミンの物語を書いたのは、いわゆる1939年から40年にかけての冬戦争のさなかだった。のちに彼女が語ったように、トーベは戦時中の日々の現実から逃れるために、この想像上の世界のことを書きはじめた。その最初の物語は、もともとは『ふしぎな旅』というタイトルだった。トーベはおとぎ話を書きたいと思っていたが、王子や王女が出てくるようなよくある話にはしたくなかったし、妖精物語も書きたくなかった。そこで代わりに登場させたのが、署名とともに描いていたあのキャラクターで、それをムーミントロールと名づけたのだ。

『小さなトロールと大きな洪水』の挿絵

その後、トーベはムーミンの物語の執筆を中断し、絵画や、生活に必要な報酬が得られる仕事に集中した。だが、戦争が終わりに近づいたころ、友人からムーミンの物語に挿絵をつけて完成させるようにとすすめられた。それは1944年の春のことで、弟のペール・ウロフも軍隊から休暇で家に帰ってきていた。トーベの執筆意欲は復活し、物語は完成した。トーベは原稿を美術印刷所に持ちこんで数百部印刷し、1945年には街の売店で売りはじめた。戦争が終わった年のことだ。

今日『小さなトロールと大きな洪水』として知られるこの物語は、ニョロニョロたちと旅に出たムーミンパパを、ムーミントロールとムーミンママがさがしに行くというストーリーだ。その冒険の途中で、ふたりはたくさんの登場人物と出会う。親切なものもいれば無愛想なものもいるが、物語の最後には、家族は無事に再会し、ムーミン谷に落ち着くことになる。この物語の根幹をなす感情は明白だ。居場所がなくおびやかされ、安全な場所を必死でさがす気持ち、そして、不在だった家族と再会した安心感だ。これらはまさにトーベが戦時中に抱えていた感情だった。世界は変わってしまい、未来はどうなるかわからない。トーベと家族は、ペール・ウロフが戦場に行っている間、心配の絶えない日々を送っていたが、彼の帰還によってようやく安心を得ることができたのだ。

『小さなトロールと大きな洪水』初版の表紙。1945年

第二次世界大戦中のフィンランド（1939-1945）

第二次世界大戦中、フィンランドは特異なむずかしい立場に置かれていた。1939年11月、ソ連の指導者ヨシフ・スターリンは、軍にフィンランド侵略を命じた。フィンランド軍は懸命に抵抗し、四カ月におよぶ戦闘の末、完全な占領はまぬがれたものの、フィンランドは国土の約一割を割譲するという講和条約にサインすることを余儀なくされた。この1939年から40年にかけての戦争は「冬戦争」と呼ばれる。

爆撃されるヘルシンキ。1941年

フィンランドの望ましい同盟相手はイギリスとアメリカであったが、英米はソ連の同盟国だったために、フィンランドは援助を求めることができなかった。代わりにフィンランドはドイツに接近して同盟国となり、ドイツは対ソ連防衛のためにフィンランドに部隊を送った。1941年6月、ソ連はフィンランドに対し最初の空爆を行い、その後も爆撃は続いた。

アトリエの中で

アトリエの中で

戦争が終わりに近づくと、トーベは仕事場が必要だと思うようになった。ちゃんとした芸術家のアトリエで仕事をするのだ。1944年、ヘルシンキの中心部で借りられる場所があると聞いたトーベは、すぐに見に行った。

その部屋は、市内の多くの建物と同様に爆撃でかなり損傷しており、ひどい状態だった。窓ガラスは吹き飛び、屋根からは雨もりがし、室内には冷たい隙間風が入ってきてひどく寒かった。それでもトーベはひと目でアトリエの可能性を見てとり、仕事場だけでなく、住む場所としても自分に向いていると感じた。

小塔のあるそのアトリエは、ウッランリンナという通りにあり、広くて天井がとても高く、明るかった。アーチ型の窓がいくつもあり、ヘルシンキの街並みが見はらせた。仕事場とは別に小さな寝室もあり、トーベが寝泊まりするのにちょうどよかった。トーベは懸命にこわれた部分を修繕し、装飾を加え、陶器、自分の描いた絵、父の彫刻数点などで部屋を飾り、できるかぎり心地よいアトリエに仕上げた。

アトリエに住むのはそうかんたんではなかった。財政的にも厳しかった。トーベは窓の修理や冬に部屋をあたためる燃料を買う足しにするために、自画像を一枚売らなくてはならなかった。はじめはこのアトリエを借りていたが、数年後、ムーミンの本でさらなる収入を得られるようになると、

完成したアトリエでくつろぐトーベ

彼女はすぐにアトリエを買い取って、夢をかなえた。アトリエはもうだれにも奪われない。自分のものになったのだ。

トーベは自分のアトリエを愛した。生涯を終えるまで約六十年の間、そこで暮らし、働いた。冬はアトリエですごし、夏はクルーヴハル島ですごした。彼女がムーミンのほとんどのお話と挿絵を書いたのは、このアトリエでだった。

ムーミンの本ができるまで

トーベは、絵ではなく、まず物語を書いた。タイプライターは使わずに、手で物語を書くことを好んだ。鉛筆で書いた方が、かんたんに消しゴムで消したり、書き直したりできるからだ。

挿絵は、はじめに鉛筆で下書きをした。インクで下絵を描くこともあった。納得のいくものができるまで同じ場面を何枚も描いてから、最終的な挿絵を仕上げた。

上、次ページ 『ムーミン谷の夏まつり』のための鉛筆のスケッチ

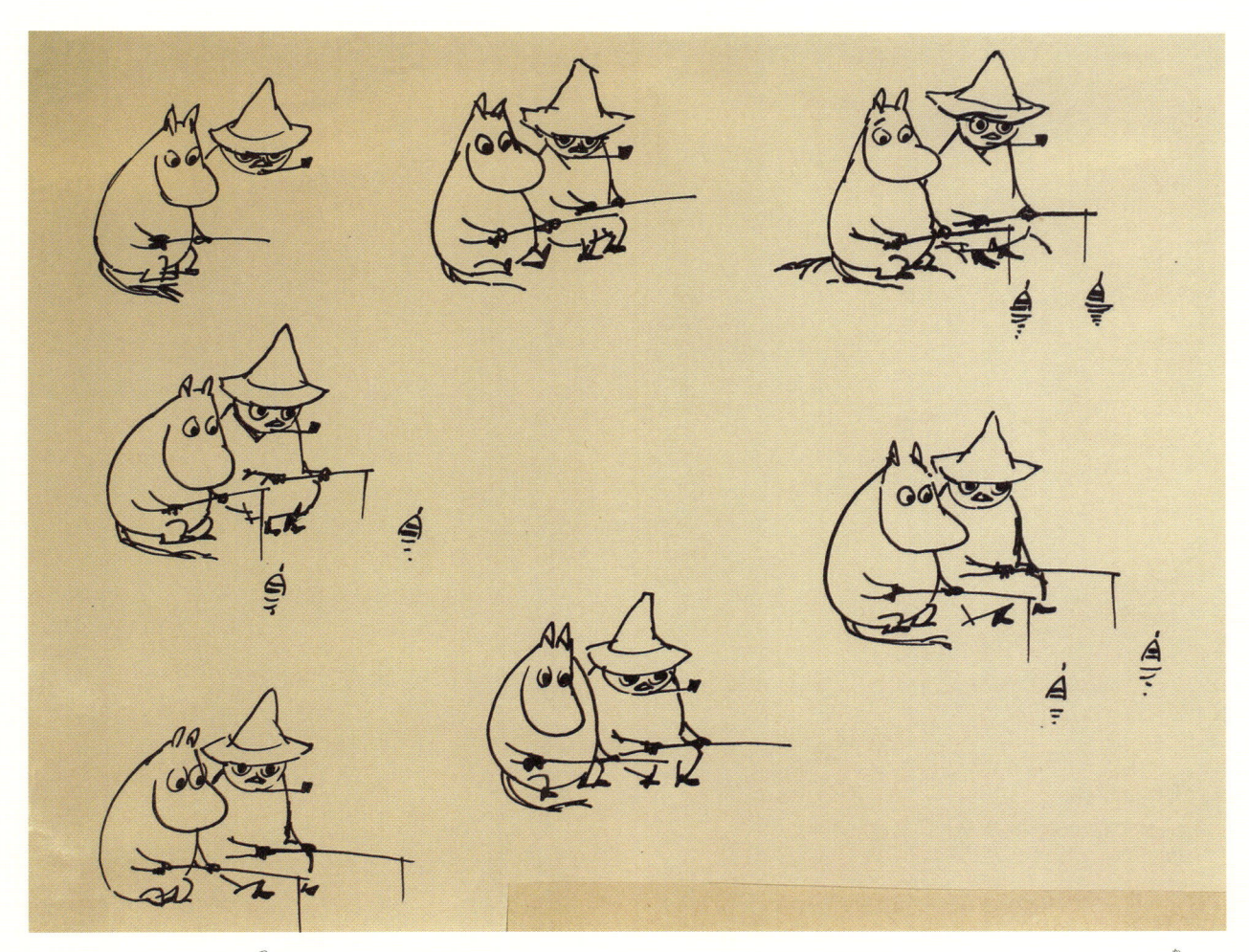

釣りをするムーミントロールとスナフキン。トーベは納得のいく絵ができるまで、同じ場面をなんども描いた

　第一作目ではペンと水墨画の技法を用いたが、続くほかのすべての作品では、ペンの線画だけで仕上げている。長い年月を経たあと、トーベは『小さなトロールと大きな洪水』の絵を線画で描き直した。おそらく、シリーズとして全作品に統一感を持たせたかったのだろう。

左　『ムーミン谷の彗星』のために描かれたペンと水墨画の技法を並用した原画
右　のちに線画で描き直された同じ絵
右のページ　『ムーミン谷の冬』のラフスケッチ

　トーベは、自分の本のデザイン全般に深くかかわるようになった。『ムーミン谷の彗星』では、まず手作りで本を試作して空白のページに文章を貼りこみ、注意深く寸法やページ数を調整した。その後、挿絵を入れる場所にスケッチを目印として加えた。本としての最終的な仕上がりを常に意識しながら、デザインまで管理するのは、トーベにとってだいじなことだった。そうすることによって、彼女が意図した通りに文章と絵がぴったり合った本ができるのだ。

ひらめきと想像力

ムーミン一家の誕生

「**ど**こからアイディアを思いついたの？　どうしてひらめいたの？」作家や芸術家がよく受ける質問だ。本人たちでさえなかなか答えられないのに、ましてやわたしたちがあれこれ考えたところで、なかなか正確なことは言えないだろう。創作の過程には、あらゆることが影響するからだ。どんな人が、どんなものが、ムーミンの物語のもとになったのだろう？　まず確かなのは、ムーミンはトーベ・ヤンソンの驚くべき想像力から生まれた、ということだろう。そして、トーベの人柄、家族、友人、置かれた環境や哲学、夢や希望、そしてムーミンたちをどんな形で世に出そうと決めたか、といったことによって、形が整えられていった。こうしたすべてのことがトーベの文章や挿絵を通して伝えられたのだ。

　ムーミンの物語の魅力のひとつは、その独特な哲学に加え、性格のタイプを、神経質なフィリフヨンカ、秩序を重んじるヘムル族、まわりに理解されない陰気なモランなど、種族ごとに割りふっていることだ。彼らをとりまく環境もまた、魅力のひとつだ。これらの生きものたちは、自分にふさわしい場所に住んでいる。ムーミン谷は、この生きものたちみんなの谷なのだ。ムーミン一家とその家族同様の者たちは、ムーミン谷にいると、まるでトラがインドにいるのと同じように、くつろいで風景にとけこんでいる。

　ムーミン谷は、読者が思うどこの場所であってもかまわない、とも言える。ムーミン谷は、ムーミンたちがいるからムーミン谷なのであって、そこが彼らの冒険がくり広げられるキャンバスなのだ。トーベ・ヤンソンは、画面のすみの小さな葉っぱやムーミン屋敷の見取図にいたるまで、ムーミン谷のあらゆるものを大胆な筆づかいとこまかい描写で生き生きと描き出した。

　トーベは、物語に自分の個人的な経験を織りこみはしたが、ムーミンの物語が「現実の世界」のさまざまな国で身近に感じられる理由は、ムーミンの世界が普遍的だからだろう。

家族と友人たち

両親とピクニックに出かけるトーベ。1940年

　トーベにとって、家族や友人たちはいつもだいじなものだった。このことは、ムーミンの世界にもよく表れている。ムーミンたちは家族同士で、また友だちとも助けあい支えあう、強い絆を持っている。災害や危険がムーミン谷をおびやかしても、彼らは一致団結してつらい日々を乗りきっていく。トーベと家族も、そういった絆で結ばれていた。トーベは、ムーミンたちにも同じ気風を持たせることが重要だと感じていたにちがいない。

　ムーミンママの性格のかなりの部分は、トーベの母ハムをモデルにしたものだと、トーベははっきりと認めていた。ハムはムーミンママと同じように、愛にあふれ、賢くてなんでもでき、食べものや薬やいいアドバイスをいつも持ちあわせている人だった。ムーミンママが持っているような、役に立つものがたくさんつまったハンドバッグを持って

いたかどうかはわからないが、ハムが、家族が必要とするものをほとんど用意してくれたことは確かだ。ハムはヤンソン家の中心で、トーベの心のよりどころだった。ふたりは特別強い絆で結ばれていて、離れて暮らしたときには、おたがい会いたくてたまらなかったという。このトーベと母親の関係も、ムーミントロールとムーミンママにそっくりだ。

「みんなかたづくから、だいじょうぶよ」
『ムーミン谷の冬』

　トーベ・ヤンソンその人の中に、ムーミントロールの面影がはっきりと見えるようにわたしには思えるが、正しくは、ムーミントロールの中にトーベの面影がある、ということだろう。ムーミントロールは、トーベが作り出したキャラクターのひとつなのだから。トーベがときどき、友人たちにあてた手紙の中で、自分の姿としてムーミントロールの絵を描いたという事実は、注目に値する。もちろん、ムーミントロールだけでなく、物語のキャラクターすべての中に、ちょっとずつトーベが見え隠れしているのも確かだ。

「大、大、大すきだよ、ママ」
『ムーミン谷の冬』

　トーベは、家族や友人たちを愛したのと同じくらい、ときおりひとりになること、つまり考えごとをしたり、いろいろなことを思い返したりする時間もだいじにしていた。少女のころのトーベが、壁に「自由が一番！」と落書きしたのは、人生でもっとも大切だと思うことのひとつを書いたのだと言っていいだろう。

この自由を求める思いは、ムーミンの物語の放浪する旅人、スナフキンに体現されている。トーベは、夢見たり考えたりするための自分だけの場所を必要とする、高度に自立した人物をスナフキンという形で描き出した。トーベの弟ラルスも、作家で思想家、政治家でもあったトーベの親友アトス・ヴィルタネンも、自立した、自由な思想の持ち主だった。

「だれかをあんまりすきになると、
しんから自由ではいられなくなるんだぜ。
ぼくはよく知ってるけど」
ふいに、スナフキンがいいました。
『ムーミン谷の仲間たち』

トーベとアトス（ぼうしをかぶった人物）とトーベの父。
ペッリンゲ群島にて、1945年

ムーミン作品の中でもとりわけ人気のあるキャラクターのひとりが、ちびのミイだ。怒りっぽくて遠慮がなく、怖いもの知らずのミイは、一緒にいたいというより、自分がそうなれたら楽しいというタイプだろう。ミイは、トーベのまたちがった部分を体現している。思ったことを正確に伝えたい（特に政治的な意見の異なる父親に対して）という一面だ。またミイは、幼なじみヴィヴィカ・バンドレルをはじめとする、トーベの人生に登場する創造的で才気にあふれ、思った通りに行動する女性たちの体現でもある。

ミイのすばらしい才能は、ちょっと失礼なことでも、いつも本当のことを言うところだ。ミイは、比喩的な表現で言うところの「鋭い舌」と、他人にかみつくのに便利な鋭い歯を持っている。また、特にムーミンたちがちょっとばかり感情的になっているときに、一撃のもとに現実を思い出させる方法も心得ている。

305

トーベ・ヤンソンがすばらしいユーモアのセンスの持ち主なのは、ムーミンの物語を読めばあきらかだ。ユーモアは、ムーミンの物語の大きな魅力の一部だ。トーベの人生哲学に加えて、くすりと笑うようなユーモアと爆笑してしまうようなユーモアが混在していて、それが作品に強い個性を与えている。ことばには出さず、行間を読ませるような形のユーモアが多く、そのため、語り口がとてもおもしろいものになっている。ミイも、見た目は怒りっぽいけれど、どんなときもいたずらや冗談や楽しい時間をすごすことが大好きな、おもしろいことが好きな性格なのだ。

　　　ちびのミイはいいました。「まさに、あんたのいうとおり。あたいはとくべつなのよ！」
　　　　『ムーミンパパ海へいく』

　ムーミン谷の住人たちの中で、実在の人物をモデルにしているとトーベが認めているキャラクターが、おしゃまさん（トゥーティッキ）だ。賢くて心やさしく、たくましいおしゃまさんは、トーベの長年の親友でありパートナーでもあった、トゥーリッキ・ピエティラをモデルにしている。トゥーリッキのニックネームは「トゥーティ」だった。

クルーヴハル島でのトーベとトゥーティ

　1955年にあるパーティーで出会ったふたりは、すぐに、たくさんの共通点を見つけ出した。ふたりとも大のネコ好きだったこともそのひとつだ！　トゥーティもまた才能あるグラフィック・アーティストで、トーベと同じ美術学校で学んだこともあった。ほどなくしてふたりは、たがいの人生に欠かせない存在となっていく。

　トーベとトゥーティは、ムーミン屋敷の模型を作ったり、ふたりの島に家を作ったりといった仕事でも、うまく力を合わせて働くことができた。トゥーティはのちにヘルシンキで、トーベと同じ区画にアトリエをかまえた。そこからは、うまいぐあいにつながっていた屋根裏をつたって、トーベのアトリエをたずねることもできた。

　トゥーティは、頭がよく実際的で、自立していた。ちょうどおしゃまさんのように、魚を釣り、家を建て、大工仕事をし、どんなものでも修理することができた。

おしゃまさんは、潮がひくときがすきでした。
潮がひくと、桟橋のそばにはった氷の穴をおり、大きなまるい岩の上にすわって、つりができたからです。
頭の上にはいいぐあいに、緑がかった氷の天井がありますし、足もとは海です。
『ムーミン谷の冬』

　『ムーミン谷の冬』で、ムーミントロールは、冬眠のさなかに目を覚ましてしまう。まだぐっすり眠っているパパとママをあとに残し、ムーミントロールは、新たな自立と自己発見への道に踏み出していく。おしゃまさんに会ったムーミントロールはすぐに、彼女がさまざまな技で、冬を切り抜けるのに力を貸してくれることに気づく。この作品を書いていたとき、トーベ自身も両親から離れて新しい生活へ、まさにおしゃまさんのように並はずれて有能な人物、トゥーティとの新しい関係へと、乗り出していくところだった。

おしゃまさんがやさしくいいました。
「死んでしまったものは、どうしようもないのよ。このりすはいずれ、すっかり土にかえるでしょうよ。
そうしたらそこから木が生えて、新しく生まれたりすたちが、枝から枝へとびまわるようになるの。
それって、そんなにかなしいことじゃないでしょ？」
『ムーミン谷の冬』

　トーベとトゥーティは、トーベがその生涯を閉じるまでの四十年以上をともにすごした。

「あなたを愛しています。魔法にかけられたみたいな気持ちです。
でも心は安らかで、わたしたちを待ち受けているどんなものも、怖くはない」
（トーベがトゥーティに書いた手紙より）

　ムーミン谷の住人のうち、トフスランとビフスランというすてきなふたり組も、実在の人物をモデルにしていると言われている。トーベはこのことをはっきり認めたことはないが、トフスランという名前はトーベから来ているのだろうし、ビフスランはトーベの古くからの友人でフィンランド人の演出家、ヴィヴィカ・バンドレルから来ていると思われる。

　トーベとヴィヴィカは、短期間ではあったが、秘密の関係を持っていたことがある。1971年まで、フィンランドでは同性愛は違法とされていたので、このことを知っていたのはごく親しい友人たちだけだったはずだ。自分たちの心に誠実に行動するのは大胆で勇気のいることであり、この関係について公然と話すわけにはいかなかったトーベは、作品の中で表現することにしたのだろう。

　トフスランとビフスランは、ふたりだけの秘密のことばで話し、古いトランクに秘密の宝物を隠し持っている。宝物とは、ヒョウの頭ほども大きく、生きている火のように輝く、「ルビーの王さま」だ。結局ふたりは、その秘密の宝物をみんなに見せることになるが、トーベとヴィヴィカは、ふたりだけの宝物、つまりおたがいに対して抱いている本当の気持ちを、秘密にしなければならなかった。ふたりの関係は短いものだったけれど、どちらにとってもとても重要なものであり、その後もふたりは生涯友人でありつづけた。ヴィヴィカ・バンドレルはムーミンの物語のうち三冊をドイツ語に翻訳し、ふたつのお話を劇にした。

大地、海、そして島

クルーヴハル島

　トーベが作り出したムーミン谷では、山すそに松、カバノキ、ポプラなどがこんもりと茂ってい
る。森は生命と魔法に満ちている。背の高い木々には神秘的な木の精が腰かけ、長い髪をすいてい
る。葉がふれあう音、鳥のさえずり、小川や滝を流れる水の音。森に住む動物のほとんどは、たが
いに話ができる。ねずみの奥さんたちがおしゃべりし、ミミズも話ができるのは、ムーミンの世界
の森だけだ。ムーミン谷をとりまいているのは、謎につつまれた不吉な雰囲気の、おさびし山をは
じめとする、てっぺんに雪をいただいた山々だ。山々はあまりに高くそびえ立っているので、この
山々のことを書いているだけで目がくらみそうになる。

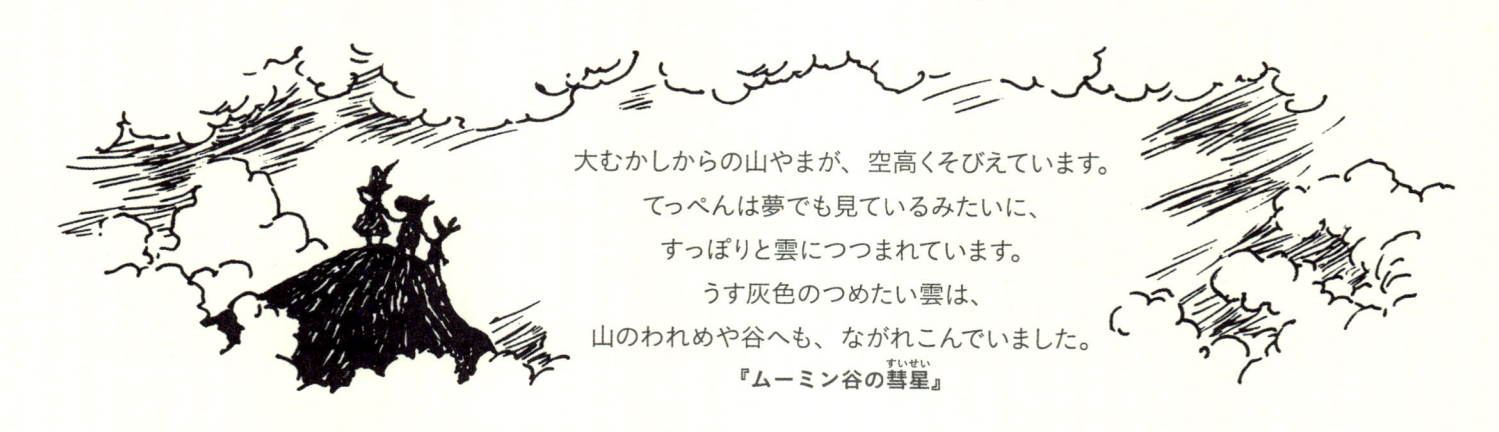

大むかしからの山やまが、空高くそびえています。
てっぺんは夢でも見ているみたいに、
すっぽりと雲につつまれています。
うす灰色のつめたい雲は、
山のわれめや谷へも、ながれこんでいました。
『ムーミン谷の彗星』

　おさびし山から流れくだってきた小川は、ムーミン屋敷のまわりを流れ、別の谷の方へと消えていく。

海ぞいには、谷間がいくつもありました。山やまの斜面はゆるやかなうつくしいカーブをえがきながら、
岬となって海につきだしたり、入り江までのびたりしているのです。
入り江は手つかずの自然に、深く切れこんでいました。
『ムーミン谷の十一月』

　トーベのふるさとは、息をのむほど自然が美しい国だ。フィンランドでは、雪におおわれた北極圏のツンドラから緑の松の森まで、さまざまな異なる風景を見ることができる。そのおかげで、トーベの心には自然や自分をとりまく環境への愛が生まれたのだ。ムーミンの物語では、風景も登場人物の一員だと言っても過言ではない。

　山や川、谷と同じように、森のある風景も、トーベのひらめきのもととなったのは確かだ。フィンランドの国土の多くは、松やトウヒが生い茂る緑あざやかな森におおわれている。松葉といえばもちろん、ムーミンたちが冬眠の前に、ぽっちゃりとした白いおなかにどっさりつめこむ食べものだ。

目をさましたとき、あおむけになったわたしの目に、緑と金と白の世界がとびこんできました。
わたしのまわりの木が、高くじょうぶな柱となってそびえ立ち、
目がくらむように高い緑の天井をささえているのでした。
『ムーミンパパの思い出』

ペッリンゲ群島でのトーベ。1950年代

ムーミン谷にある浜辺は、小さくて岩がちで、水たまりや雑草や急な崖に囲まれている。もちろん浜のまわりにはところどころ、人目につかない洞穴もある。『ムーミン谷の彗星』で、スニフが自分だけの洞穴を見つけて大はしゃぎする場面は忘れられないだろう。

「いまはぼくにとって、
これまでで最高の瞬間なんだ。
ぼくがはじめて見つけたほらあなだぞ」
『ムーミン谷の彗星』

フィンランドの海岸沿いには、多くの美しい浜辺と、かぞえきれないほどの島がある。泳いだり、船に乗ったり、釣りをしたり、ただのんびりしたり、ムーミンたちは浜辺ですごすのが大好きだ。貝がらや、波に洗われ打ちあげられた「めずらしいもの」を集めるのも、まさにここだ（トーベ自身も、集めたたくさんの貝がらをアトリエに置いていた）。浜は、ピクニックをしたり、ただ昼寝をするのに、もってこいの場所でもある。ムーミンたちは、のんびりとうたた寝をするのがとても好きなのだ。

　　　ムーミンママは、だれにも目につかないところで横になりました。
　　　そこでは、青い空と、真上でゆれているなでしこの花しか見えません。
　　　ちょっとひと休みしましょう、と、ムーミンママは思いましたが、
　　　まもなく、あたたかい砂の上でぐっすりねむってしまいました。
　　　　　　　　　　　『たのしいムーミン一家』

島は、ムーミンの世界の中心となるもので、ムーミンパパにとっては新しいスタート、未踏の地へ足を踏み入れることを意味している。さまようニョロニョロたちにとっては、島は希望を与えてくれる場所だ。自分たちの気圧計を、柱にかけておくための場所でもある。

スノークのおじょうさんがいいました。
「島へ行きましょうよ！　わたし、
小さな島には、いちども行ったことが
ないんですもの」
　　　　　『たのしいムーミン一家』

北緯60度7分12秒
東経25度45分50秒

フィンランド湾

　ムーミンたちは、小さなボートで海にこぎ出して、ムーミン谷のまわりにちらばる謎（なぞ）めいた島々を探検するのが、なにより好きだ。フィンランドも、海岸線の沖（おき）に何百という島があり、広域の多島海を持つことで知られている。

　ヤンソン一家は、フィンランドの多くの家族がそうであるように、夏が来るたびに都会を離れた。まずフェリーに乗り、それから小さな船で、ヘルシンキから東へ八十キロほどの、フィンランド湾（わん）にあるペッリンゲ群島へ向かった。また一家は、スウェーデンの多島海にある母ハムの実家の別荘（べっそう）でも、たびたび夏をすごした。

　　　　朝はゆっくりやってきました。
　　　ムーミンパパは、たったひとりで
　　　　島とむきあっていました。
　時間がたてばたつほどますます、じぶんだけの島だ、
　　　　　　と思えてきます。
　　　　　『ムーミンパパ海へいく』

　別荘（べっそう）には、夏の夜に外で食事をするのにぴったりのベランダと、背が高く細い塔（とう）がひとつあった。この家のようすがなじみ深い気がするのは、のちにトーベがムーミン屋敷（やしき）を作り出したとき、ムーミンたちがのんびりできるようにと、屋敷（やしき）にもベランダと小塔（しょうとう）をつけたからだろう。

　1947年、トーベと弟のラルスは、ペッリンゲ群島のある島に小さな木造の家を建て、「風の

ペッリンゲ群島でくつろぐトーベ。1930年

戸外で楽しむトーベと家族。1949年〜1950年ころ

バラの家」と名づけた。母ハムもほかの家族や友人たちも、「風のバラの家」をおとずれた。実際、何年もの間にあまりにも多くの人たちがおとずれるようになり、家は少し手狭（てぜま）に感じられるようになった。そこでトーベは、新しいスタートを切るために別の島をさがすことにした。

　そしてトーベが選んだのが、クルーヴハルという小さな孤島（ことう）だった。1964年、トーベは、パートナーのトゥーティとともに、島の岩だらけの浜（はま）に小さな木造の家を建てはじめた。家は翌年には完成し、それから三十年近くの間、ふたりは夏になるとそこで一緒（いっしょ）に暮らした。クルーヴハルはふたりにとって特別な場所、夏の島となったのだ。トーベはこの島で、忙しい都会のストレスから解放（いそが）され、創作活動に必要な、静かでだれにも邪魔（じゃ ま）されない暮らしを送ることができた。島での暮らしはシンプルだった。小さな木造の小屋には、電気も水も通っていなかったが、トーベとトゥーティはとても幸せだった。

島は緑におおわれていて、ところどころに赤い土のがけがあるのです。
それは絵本で見た島でした。海賊のかくれががある無人島です。
ムーミントロールは胸があつくなって、ささやきました。
「ねえ、ちびのミイ。きっとすてきだよ！」
『ムーミンパパ海へいく』

その家はいまでもクルーヴハル島にあり、一年のうちある時期にはおとずれることができる。
1992年、その島を去ることになったトーベとトゥーティは、胸が張り裂けそうだったが、島で無事に暮らすには年を取りすぎたということが、ふたりにはわかっていたのだ。

さみしくなるどころか、わくわくすることしか頭にうかびません。
海のどこかにある島のことや、これからのくらしがすっかり変わることなどです。
『ムーミンパパ海へいく』

クルーヴハル島でのトーベとトゥーティ

灯台はムーミンパパたちをよんでいました。
なるべく早いうちに、どうしても島へ行かなければなりません。
『ムーミンパパ海へいく』

　トーベ・ヤンソンは、島での生活と同じように、灯台も愛した。フィンランドの海岸の沖には、
灯台のある島が五十ほどもあり、それらの灯台の中でもっとも高いのは、もっとも南に位置するベ
ンクトゥシャール灯台だ。

「これはおそらく、
これまで建てられたなかで
いちばん大きな灯台だろう。
それに、わかっているかね?
ここがいちばんはしっこの島なんだ
──この先にはだれもすんでいない。
海が広がっているだけなんだぞ」
『ムーミンパパ海へいく』

　陸地のはしで自然の力と向きあい、自分の力で自然と闘いながら孤独に暮らす、というイメージ
に、トーベはある種ロマンティックな魅力を感じていた。確かに、灯台にはトーベがときおり切望
した孤独と平和と静けさがあった。しかしトーベは、孤独も行きすぎると自分にとってよくない、
という現実もわかっていた。実際、『ムーミンパパ海へいく』に登場する孤独な灯台守は、頭が混
乱した変人だ。

ああ、ムーミンでよかった！
お日さまがのぼるあいだに、波の中で遊ぶのって、最高！
『たのしいムーミン一家』

みんなは、いるかのように波にもぐったり、浜べにむかって波のりをしたりしました。
波打ちぎわでは、スニフがあそんでいました。
スナフキンは沖のほうであおむけにういたまま、金色の光がふりそそぐ青空を見あげていました。
『たのしいムーミン一家』

　海というのは、ムーミンたちにとってまるでわが家のように楽しいところだが、トーベと同じく、ムーミンたちも海のことをよく理解し、敬意を抱いていた。ムーミン谷でも、海はいつもおだやかで青いというわけではない。海はときに、嵐や暴風にあおられて荒れ、予測不可能な、怒りに満ちたものとなる。物語の中にも、ムーミン一家と友だちが、海で絶体絶命の危機に陥ってしまうエピソードがいくつかある。

ムーミンパパは、
いかりくるう海を見つめました。
波が島にはげしくうちつけ、しぶきをとばし、
すいこむようなおそろしい音をたてて、
またひいていきます。
岬に波がぶつかる音が、
大きくとどろいていました。
『ムーミンパパ海へいく』

ペッリンゲ群島の海で、水しぶきをあげるトーベ

　歳を重ねるにつれてトーベは、海の持つ力をより意識するようになった。クルーヴハルですごした最後のころには、トーベとトゥーティは、嵐の夜は交代で、ボートが外海に流されてしまわないよう見張らねばならなかった。最後にクルーヴハルを離れる少し前にはトーベも、海は大好きだけれど少し怖くなってきた、と語っていた。

　　　「いいかね」ムーミンパパが身をのりだして、いいました。
　　　「海は気げんがいいときもあれば、わるいときもある。どうしてかは、だれにもわからないがね。
　　　わたしたちには、海のおもてしか見ることができない。
　　　だが、海がほんとうにすきなら、そんなことはどうだってよくなるんだ。
　　　よいときもわるいときも、ありのままにうけいれることを学んで……」
　　　　　　　　　　　　　　　　　　　『ムーミンパパ海へいく』

　これほど島の多い国をめぐるには、なんといっても船が一番だ。トーベもボートを使った。ムーミンたちも船が好きだ。ムーミンたちのヨット〈冒険号〉は、ふだんは小さな桟橋につながれているが、たびたび彼らを乗せて海に出る。ムーミンたちは帆に風を受けて船を走らせたり、櫂でこいだり、魚釣りをしたりする（もちろんムーミンパパは、機会さえあれば舵取りをしたがる）。

ムーミンパパは、船のかじをとっていました。
かたほうの前足でしっかりとかじぼうをにぎっていると、
船とわかりあえるような気がします。
ムーミンパパにはなんの不安もありませんでした。
『ムーミンパパ海へいく』

天気

『ムーミン谷の夏まつり』の焼けつくような暑さから、『ムーミン谷の冬』の凍りつきそうな寒さまで、トーベは極端に変わるフィンランドの気候を、物語に描き出した。この、極端で変わりやすい天気は、ムーミンの物語の多くの重要なできごとに大きな影響を与えている。子どもの本では、敵といえばふつう、人や動物だが、ムーミンたちはしばしば、自然が投げかけてくるものに立ち向かわなければならない。自然とは、ときに楽しくときに恐ろしく、どんなときにも敬意を払わなければならない、強大な力なのだ。ムーミンたちはそのことをよく知っている。

七月のおわりごろのことでした。
その日のムーミン谷はとてもあつくて、
はえすらもブンブンいいませんでした。
『たのしいムーミン一家』

フィンランドの人々もそのことをよく知っていて、自然に対する備えをしている。フィンランドでは、あたたかい服をたくさん重ね着しないで冬に外へ出かけたら、凍死してしまう可能性が高いのだ。

雪もまた、フィンランドでは暮らしの一部だ。トーベはかつて、ムーミンのぽっちゃりとした体つきは、雪にこんもりとおおわれた木の形から思いついた、と語っていた。雪におおわれた枝が大きな白い丸い鼻に見える、と思ったとたん、ムーミンたちの姿がわかった、と。雪はどんなとがったものも、丸く、人なつっこい姿に見せてしまうのだ。

食べものと土地

フィンランドの山野には、野イチゴにラズベリー、ローガンベリーやコケモモやクラウドベリーなど、いろいろな種類のベリーがなっている。ムーミンたちがジャム倉庫にありとあらゆるジャムをたくわえているようすをトーベが描いたのも、ふしぎではない（この倉庫のジャムは、ムーミン谷にひどい寒波がやってきた際に、冬のお客たちに食べられてしまったが、それを知っても、ムーミンママはきっとわかってくれただろう。ムーミントロールは、なんとか自分用にひと瓶、救い出すことができたのだし）。

大きなテーブルには、
つやつやしたくだものの山と、
大きなお皿にどっさりのサンドイッチ。
しげみのかげのとても小さなテーブルには、
むぎの穂や、わらをとおしてつないだ
さまざまなベリーや、木の葉の上に
たっぷりの木の実がおかれました。
　　　　『たのしいムーミン一家』

『ムーミン谷の彗星』のためのペンと墨による初期のイラスト

　ムーミンたちは、毎日の食事も、ピクニックのお弁当も、パーティーのすばらしいごちそうも（ムーミンたちはなにかにつけてごちそうの機会を作ろうとする）、とにかく食べることをとても楽しんでいる。

焼いた魚ほどすきなものはなかったのです。
『たのしいムーミン一家』

自然享受権について

フィンランドには、「自然享受権」と呼ばれる権利がある。大ざっぱに言えば、一般の人たちが他人の土地に立ち入ってもよい、という権利だ。この権利のおかげで、だれでも自然の中で自由に動きまわることができる——歩きまわっても、自転車に乗ってもいいし、野生のベリーや保護されていない植物ならつんでもいい。スキーや、釣りをするのも自由！　土地の持ち主の家からある程度距離を取り、自然を破壊するようなことはしないというルールを守るならば、スナフキンみたいにテントを張ってひと晩すごしたってかまわない。トーベと家族も、戦時中、食料が不足したときには、生きのびるために、森や野原で果物や野菜、キノコやハーブを集めたという。

ムーミンたちも、この自由と、自然が自分たちのために存在してくれているというすばらしい感覚を味わっている。ムーミンママにピクニックのお弁当を用意してもらい、ムーミンたちはまる一日探検に出かけていく。だれにも遠慮はいらない！　いばりやの公園番のヘムル以外は、ムーミンたちにあれこれ指図する者はいない。ムーミンたちは、トーベ自身もきっとそうだったように、自然が彼らを養ってくれることをよく知っている。

食べものについての話を終える前に、パンケーキのことにふれないわけにはいかないだろう。熱いコーヒーとおかゆ、パンケーキがそろえば、ムーミンたちにとっては完璧な朝ごはんだ。それに、パンケーキが好きなのは、ムーミンたちだけではない。『たのしいムーミン一家』に登場する謎めいた飛行おにでさえ、ムーミンママが焼いたお皿にいっぱいのジャムつきパンケーキを、大喜びで受け取る。それはちっともふしぎなことではない。

「パンケーキを食べるのは、
八十五年ぶりだなあ」
『たのしいムーミン一家』

ムーミン谷の知恵

「いいかね」ムーミンパパが身をのりだして、いいました。
「海は気げんがいいときもあれば、わるいときもある。
どうしてかは、だれにもわからないがね。
わたしたちには、海のおもてしか見ることができない。
だが、海がほんとうにすきなら、そんなことはどうだってよくなるんだ。
よいときもわるいときも、ありのままにうけいれることを学んで……」
『ムーミンパパ海へいく』

「わたしは、オーロラについて考えていたの。
あれって、ほんとうにあるのか、
それとも、あるように見えているだけなのか、
どっちだかわからないわよね。
たしかなものなんて、ひとつもないの。
でも、だからこそ、わたしは安心するのよ」
『ムーミン谷の冬』

おしゃまさんがやさしくいいました。
「死んでしまったものは、どうしようもないのよ。
このりすはいずれ、すっかり土にかえるでしょうよ。
そうしたらそこから木が生えて、新しく生まれたりすたちが、
枝から枝へとびまわるようになるの。
それって、そんなにかなしいことじゃないでしょ?」
『ムーミン谷の冬』

ムーミンの物語のかんたんな歴史

この本の最初でもお話ししたように、ムーミンの物語の基本となるのは、八冊の本に描かれているできごとだ。

- 🌸 『ムーミン谷の彗星』
- 🌸 『たのしいムーミン一家』
- 🌸 『ムーミンパパの思い出』
- 🌸 『ムーミン谷の夏まつり』
- 🌸 『ムーミン谷の冬』
- 🌸 『ムーミン谷の仲間たち』
- 🌸 『ムーミンパパ海へいく』
- 🌸 『ムーミン谷の十一月』

このほかにトーベが作ったムーミン絵本や、はじめてムーミンが登場する物語『小さなトロールと大きな洪水』もあるが、この物語は、のちのシリーズとはまったくちがう作品だ。この作品は、1945年、第二次世界大戦の終戦の年に出版された。いい書評が出たものの、その年には二百十九冊しか売れなかった。1990年代に入って、トーベの本を出版しているスウェーデンの出版社がこの作品を再発見し、復刊した。物語だけでなく、オリジナルの絵も、のちのシリーズの絵とはまったくちがっていて、ペンだけで描かれたものではなく、ペン画に墨で陰影をつけたものだった（トーベは後日、この本の絵をシリーズのほかの本と同じタッチで描き直した）。

続いて翌年、『ムーミン谷の彗星』が出版されたが、ムーミンの物語が広く読者に歓迎されるようになったのは、『たのしいムーミン一家』が出版されてからだった。この物語は、スニフが飛行おにのぼうしを見つけてムーミン谷に持ち帰ったことから起こった、魔法のようなふしぎなできごとを描いたものだ。

ここにきて、ほかの国の出版社がこぞって、トーベの本をスウェーデン語から自国語に翻訳して出版したいと言いだした。イギリスで『たのしいムーミン一家』がはじめて出版されたのは、1950年のことだった。

『ムーミン谷の彗星』 イギリス版。1951年

上および右ページ　イギリス版初版の表紙デザイン。
上は『たのしいムーミン一家』、右ページは『ムーミンパパの思い出』。1950〜60年代

　続いてトーベは、『ムーミン谷の彗星』をもとにした舞台の脚本を書き、その舞台は1949年に上演された。そして次に、初の絵本、『それからどうなるの？』が出版された。この絵本は、ページに穴があいていて、その穴から次のページの一部が見えるようになっていた。これは、当時はとてもめずらしいしかけだった。絵本は大人気を呼び、まもなくトーベは、さまざまな賞を受賞する。

　次のムーミンの物語、『ムーミンパパの思い出』では、トーベははじめて一人称を使い、ムーミンパパの視点から物語を書いた。それは、パパが〈ムーミンみなしごホーム〉の前に置き去りにされた日から、ムーミンママに出会う運命的な瞬間までの、わくわくするような物語で、（パパによれば）感動的な半生の記録だった。この物語の中の「思い出の記」を読めば、ムーミン一家が誕生するまでのいきさつや、ムーミン一家の主が自分のことをどう思っているのかがよくわかる。トーベ自身も、少女時代から日記に絵や文を書いており、「思い出の記」の専門家のようなものだった。

はじめてムーミンの舞台にたずさわってからというもの、トーベは演劇に魅了されていった。このことが次の物語『ムーミン谷の夏まつり』にうまく採り入れられた。この本では、ムーミンたちが洪水で水没したムーミン屋敷から避難して、流れてきた劇場に住みつき、ついには自分たちで劇を上演することになる。トーベは、この物語が舞台化されたときも脚本を書いた。劇中劇があるこの舞台は、爆発的ヒットとなり、なんとトーベその人も舞台に立った！　もっとも、着ぐるみのライオンのうしろ足に入っていただけだったが……。

次に出版されたのは、『ムーミン谷の冬』だ。この物語では、ムーミントロールが冬眠のさなかに目を覚ましてしまい、なにが起こるかわからない恐ろしい冬の世界に、ひとりきりで向きあう。けれどもムーミントロールは、この物語の中心人物、おしゃまさんの助けにより、

『ムーミン谷の夏まつり』　イギリス版。1955年

冬を愛するようになり、死を受け入れられるようになる。トーベがこの本の表紙のためにはじめに描いた絵では、中央にいるのはムーミントロールではなく、おしゃまさんだった。おしゃまさんは、トーベの生涯の恋人となったトゥーティ（トゥーリッキ・ピエティラ）をモデルにしていた。この作品は孤独と死をめぐる物語だが、友情と新たなはじまり、大いなる美についての物語でもあった。春が来てムーミン谷じゅうが目を覚ますところで、物語は幸せな終わりを迎える。

1959年、トーベは二作目の絵本『さびしがりやのクニット』の物語と絵を描いた。クニットは新しい登場人物だ。この怖がりの小さな動物は、はずかしがりやでおくびょうなせいで、ムーミン谷のほかの登場人物たちに話しかけることもできない。ところがそんなクニットが、モランにおびえるスクルットと出会い、ついには彼女をモランから救うまでになる。トゥーティに捧げられたこの本は、北欧で大きな成功をおさめた。

　1962年に書かれた『ムーミン谷の仲間たち』では、トーベの方向性の変化が見てとれる。この本には、ムーミン谷のおなじみの登場人物も新しいキャラクターも登場するが、九つの異なる話を集めた短編集なのだ。長編の物語ではなかったため、一部の読者にはあまり人気がなかったが、随所<ruby>随所<rt>ずいしょ</rt></ruby>に美しい文章があり、不安や恐怖<ruby>恐怖<rt>きょうふ</rt></ruby>への深い洞察<ruby>洞察<rt>どうさつ</rt></ruby>がある本だ。もちろん、いつものムーミンの世界のばかばかしさやゆかいさも健在だ。「この世のおわりにおびえるフィリフヨンカ」や「目に見えない子」、「しずかなのがすきなヘムレンさん」などのお話が収録されている。

　三年後の1965年、『ムーミンパパ海へいく』が出版された。海を愛するムーミンパパについて書きながら、トーベは、1958年に亡くなった父親との関係をふり返っていたように見える。物語の内容は、船である島へ行き、新しい暮らしをはじめる、というもので、トーベがクルーヴハル島に家を建てていた時期にこの本を書いたのも、偶然<ruby>偶然<rt>ぐうぜん</rt></ruby>ではないだろう。

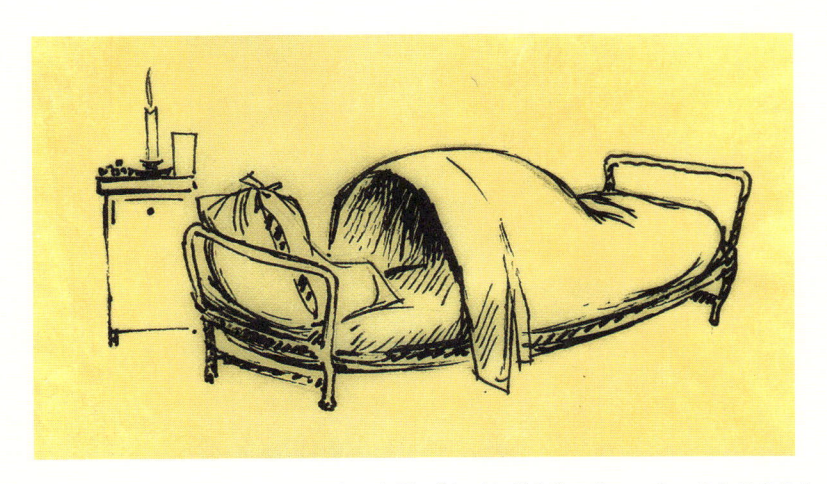

上と右下　『さびしがりやのクニット』のためのスケッチ　左下　「目に見えない子」のためのスケッチ

『ムーミンパパ海へいく』には、家族とおりあいをつけようとするときに感じるさまざまな感情も描かれている。たとえば、家族の中での居場所をさがすこと、それがほかの家族にどんな影響を与えるか、といったことだ。また、家族の中でそれぞれの役割が変わったらどうなるのか、ということも描かれている。トーベはこうした問題を長年自問していた。さらにトーベは、三年後に出版された『彫刻家の娘』でも、同じことを描いている。この作品は、ムーミンのシリーズではなく、自分の子ども時代の思い出をもとにした、大人向けの回想録だ。

　最後の長編のムーミン物語、『ムーミン谷の十一月』は、いままで書かれた児童文学の中で、おそらくもっとも憂鬱な作品のひとつだ。いや、いままで書かれたすべての本の中で、もっとも憂鬱なもののひとつと言ってもいいだろう。非常に繊細で美しく軽やかなタッチで書かれているが、ムーミンの物語だというのに、実際にはムーミン一家は登場しない。スナフキンやヘムレンさん、スクルッタおじさんやミムラねえさんといった登場人物たちが、ひっそりとしたムーミン屋敷に集い、ムーミンたちのことを思い出しながら一家の帰りを待つ、という物語だ。

　この作品は、1970年に愛する母ハムが亡くなったあとのトーベの悲しみを表していると考えられている。トーベは、フィンランドでは「死の月」とされている十一月を物語の背景に選んだ。また、この物語の主要な登場人物のひとりは、母をさがすみなしごホムサ・トフトなのだ。

　一部のファンは、この作品の、ほかのムーミンの物語との調子のちがいに驚いた。テーマがより大人向けで、小さな読者には受け入れられにくいのでは、と言う人たちもいた。一方で、これはムーミンの物語の中でも一番の傑作だ、という意見もあった。評価はさまざまだったにせよ、この作品は、ムーミン谷の歴史の中で重要な位置を占めることになった。

　『ムーミン谷の十一月』が、トーベによる最後のムーミンの本だと思っている人も多いが、実はそうではない。1977年になって、トーベは新しいムーミンの絵本を出版した。これは、読者だけでなくトーベ本人にとっても意外なことだった。『ムーミン谷へのふしぎな旅』というタイトルのこの絵本は、スサンナというめがねをかけた少女が、ヘムレンさんやトフスランとビフスラン、犬のめそめそやスニフと出会うところからはじまる。スサンナたちはムーミンの世界で、シュールで夢のような、ちょっと怖い冒険の旅をする。それは、ムーミンたちが経験したどんな冒険ともまったくちがった旅だった。水彩絵の具と鉛筆で描かれた絵も、それまでの画風より自由なタッチだった。ちょっと変わった、ふしぎに満ちた一冊であることはまちがいない。

イギリス版表紙　左 『ムーミンパパの思い出』1952年／中 『たのしいムーミン一家』1950年／右 『ムーミン谷の仲間たち』1963年

物語や絵本以外の仕事

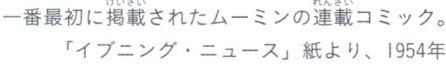

一番最初に掲載されたムーミンの連載コミック。
「イブニング・ニュース」紙より、1954年

新聞連載コミックのムーミンたち

ム ーミンたちの物語や絵本を出版する一方で、トーベはムーミンの連載コミックでも大成功を
おさめた。ムーミンの連載コミックは何年もの間、世界じゅうの新聞に掲載され、このコミッ
クのおかげでムーミンたちは有名になった。

きっかけは、ロンドンのエージェント、チャールズ・サットンが、『ムーミン谷の彗星』を読ん
ですぐに、ムーミンは短い新聞漫画にぴったりだ、と直感したことだった。ゆかいで哲学的なムー
ミンは、新聞の読者に受けることまちがいなしだと確信した。チャールズは、トーベに手紙を書き、
トーベはイギリスの「イブニング・ニュース」紙に定期的にコミックを連載するという話を受けた。
1954年に掲載されたコミックの初回は、大人気を博した。世界じゅうの新聞があとに続き、ムーミ
ンの連載コミックはやがて百二十もの異なる新聞に掲載され、何百万もの人々に読まれることに
なった。こうしてトーベ・ヤンソンは漫画家としても成功し、ムーミンたちはまったく次元のちが
う名声を得たのだった。

コミックの一段には、三つか四つのコマしか入らない。トーベは、非常に限られたスペースでう
まくまとまるような筋立てを考えなければならなかった。また、もうひとつだいじだったのは、毎
日の筋立てを、先が知りたいと思わせるような形で終えることだった。読者に次の日も新聞を買っ
てもらうためだ。

連載コミックの仕事はうまくいっていたが、トーベは、この仕事は時間を取られるし、毎週厳し
い締め切りに追われながら、新しいアイディアをひねり出さなければならないのはプレッシャーだ
と感じるようになった。

「なあ、いまのはどきどきしたろう？
だがな、いちばんぞっとするところで
章をおえるのが、
うまいもの書きの腕なのさ」
『ムーミンパパの思い出』

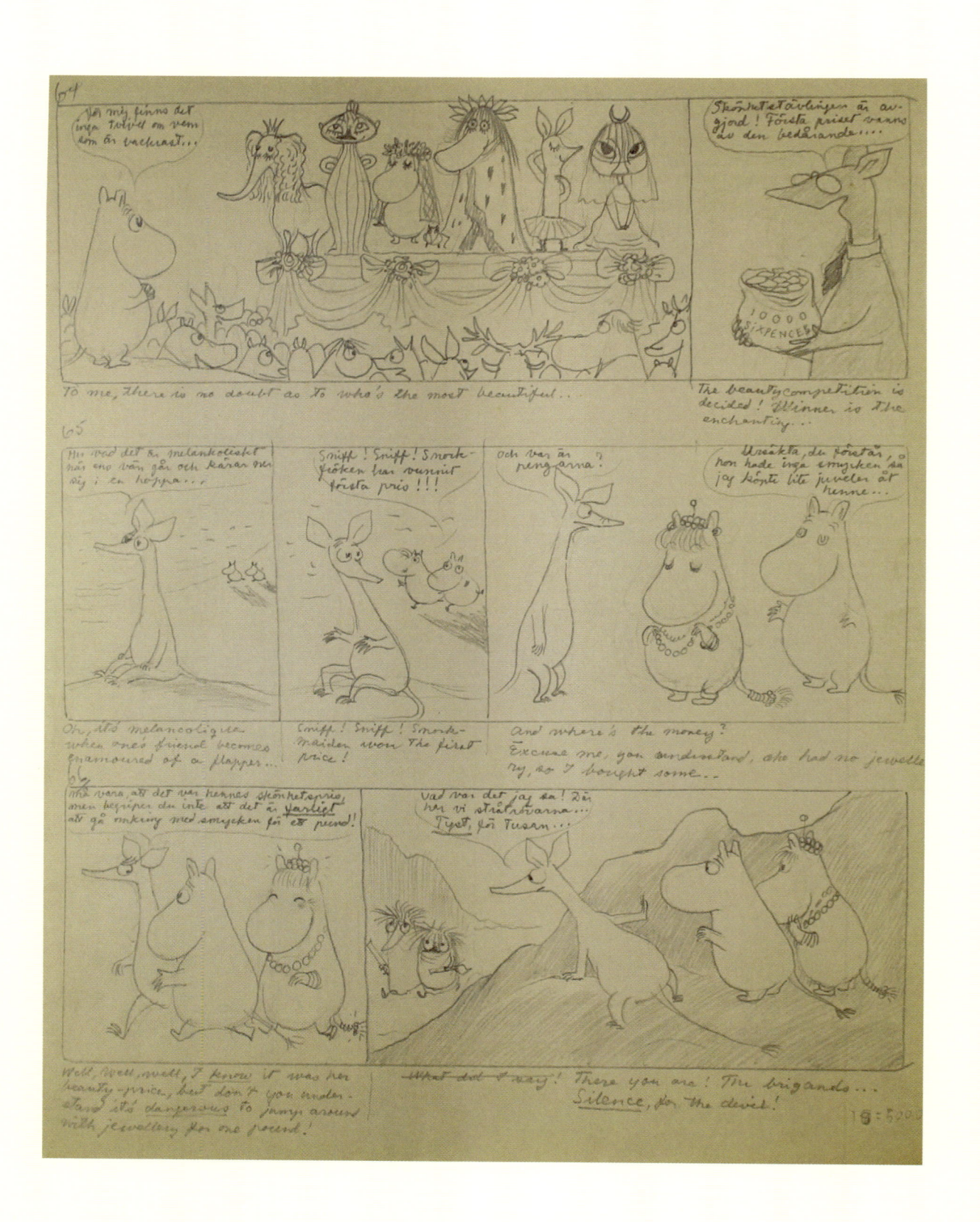

トーベと弟のラルス。トーベのアトリエにて、1978年

　アイディアを考え出してはコミックを描く、ということを何年か続けているうち、トーベの仕事
量は増えすぎてしまった。そこで1960年、弟のラルスがこの仕事を引き継ぐことになった。ラルス
は、ムーミンの連載コミックのメインの画家兼作家となり、1975年までずっとこの仕事を続けた。
そしてムーミンの世界におけるラルスのこの分野での貢献は、高い評価を受けている。

左ページ　連載コミックのためのトーベの鉛筆スケッチ　上　ラルスによる連載コミック「戦うムーミン」

ムーミンブーム

ト ーベは長編のムーミンの物語を九冊、絵本を三冊、さらに数百もの連載コミックを発表した。このほかにもぬりえの本やポスターなど、ムーミン関連の創作物はたくさんある。

本のヒットは、さまざまなわくわくする機会につながった。そのひとつが、1960年代にドイツで作られた人形アニメだ。脚本はラルスとトーベが書いた。その後、日本でもテレビのアニメーションシリーズが制作され、ムーミンを知る人はさらに増えていった（トーベは、このアニメーションのムーミンの描き方があまり好きではなかったのだが）。また、ポーランドでは1978年から1982年の間に、七十八の新しいエピソードによるアニメーションが作られ、多くの国のテレビ局で放送された。1990年代には、日本で、さらに意欲的なアニメーションシリーズが制作され、このときにはトーベとラルスが細部まで監修を行い、百以上ものエピソードが作られて世界じゅうで放映されることになった。「ムーミンブーム」（フィンランド語で言うなら「ムーミブーミ」だ！）に火をつけたのは、この日本のアニメーションシリーズだったのだ。このアニメーションを見た人は数知れない。アニメーションでムーミンを知り、それから本やコミックスをはじめて読んだ、という人も多かった。

世界じゅうにムーミンの熱狂的なファンが広がっていく中で、『ムーミン谷の彗星』の映画が制作され、展覧会やグッズ制作、プロモーションなどが続いた。また、1974年にはオペラまで制作され、初演はフィンランド国立オペラ劇場だった。このオペラは、『ムーミン谷の夏まつり』の物語をもとに、トーベ・ヤンソンと作曲家のイルッカ・クーシストの共同作業で丹念に作りあげられたものだった。トーベの細部までのこだわりはすばらしかった。たとえばオペラのプログラムは、ムーミンママのハンドバッグをかたどってトーベがデザインしたもので、開くと中から歌手ひとりひとりの名前を印刷したカードがたくさん出てくる、というしかけになっていた。

ヨクサルがいいました。
「ぼくは、有名になるのはごめんだね。
はじめはたのしいかもしれないが、
そのうち、なれっこになって、しまいには
あきあきするだろうよ。回転木馬にのるのといっしょさ」
『ムーミンパパの思い出』

トーベとラルスは、「スウェーデンをきれいにしよう」というキャンペーン用に、一連の印象的なポスターを描いた

世界じゅうのムーミン

　ここにあげたのは、ムーミンの本が翻訳された言語で「ムーミン」または「ムーミントロール」と記したものだ（覚えておいでだと思うが、ムーミンが最初に出版されたのはフィンランドだったが、もともと書かれた言語はスウェーデン語だった）。

Mumin
スウェーデン語

姆明
中国語

les Moumines
フランス語

MOOMIN
英語

Die Mumins
ドイツ語

Mumitroldene
デンマーク語

Muumi
フィンランド語

Moemin
オランダ語

Муми-тролли
ロシア語

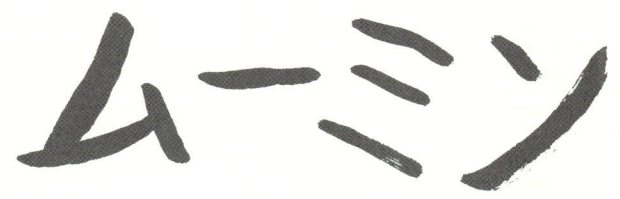
ムーミン
日本語

Mumin
イタリア語

Mummitrollet
ノルウェー語

Muminki
ポーランド語

무민
かんこくご
韓国語

Los Mumins
スペイン語

創作ファンタジーの挿絵の仕事

　トーベは、ほかの作家の作品に挿絵をつける仕事にもひっぱりだこだった。1962年には、J. R. R.トールキン作『ホビットの冒険』のスウェーデン語版の挿絵をたのまれ、その四年後には、ルイス・キャロルの『不思議の国のアリス』のスウェーデン語版の挿絵の仕事もしている。ルイス・キャロルの大ファンだったトーベは、この仕事を大喜びで引き受けたという。アリスの仕事以前にも、1950年代の終わりごろに、ルイス・キャロルの詩集『スナーク狩り』に挿絵を描いたことがあった。

『ホビットの冒険』のためにトーベが描いた挿絵とスケッチ

子どもたちへの手紙

生涯を通じてトーベは、家族や友人たちに膨大な数の手紙を書き、その中には小さなスケッチや絵を添えたものがたくさんあった。こうした手紙は、トーベの人生のさまざまな段階における考え方、感じたことや経験などを知るための貴重な情報源だ。だがトーベは、ほかにも手紙をたくさん書いていた。子どもたちからの手紙にはいつも、ひとりひとりに手書きで返事を書くのに時間を惜しまなかったのだ。たくさんの小さなムーミンファンが、ありとあらゆる質問や自分の描いた絵をトーベに送ってきた。ファンからの手紙を何百通も受け取っていたトーベにとって、すべてに返事を書くというのはかんたんなことではなかっただろう。けれども、トーベはどうにかしてそれをやりおおせたのだ。

『たのしいムーミン一家』のイギリス版に掲載されたムーミンママの手紙
（この手紙の訳は360ページにあります）

クリスマスの手紙

さらに1963年、トーベはフィンランドの新聞社から依頼され、世界じゅうの子どもたちがフィンランドにいるサンタクロースにあてて書いた手紙への返事を、サンタクロースの代理として書くことになった。次ページがその手紙の冒頭部分だ。

Dear little friend!

How are you? I am getting to be a rather old Santa Claus, a little lonely as well, so I like letters. It's great fun, you see, to think of the fact that all over the world a lot of small kiddies that I've never even seen are sitting remembering me and writing me a letter. Some of them write about presents for themselves or for other people. Some of them write to thank me, and some others just for a chat. But all of them have been thinking of me, and I like that. You see, all the year long I'm living by myself — rather a secretive and lonely life.

I'm waiting for the winter to come and trying to imagine what kiddies like yourself might be wishing for, and what you might need.

Then, one night, I hear the first snow falling outside. Only I, Santa Claus, can hear the snow — it falls so silently and lightly, making all the world soft and white and friendly. By this I know that Christmas is on its way: the very special Eve and Night that are unlike all other nights of the year, the darkest and longest of all nights with its millions of burning candles. The night when everyone tries to be friendly towards everyone else, because the child Jesus was born in that night, once upon a time. So I open my cottage door and sniff against the north wind and ring my silver bell. After a while a rustling and a whispering are to be heard in the woods around my hut. Yule gnomes and brownies and many kinds of winter beings begin to arrive from all directions — on skis, on snow-shoes, struggling on foot or

（この手紙の訳は360ページにあります）

ムーミンの知恵

旅に出るにはうってつけの日です。
お日さまの光をあびた丘のてっぺんが、
手まねきしているようです。
くねくねしたこの道をのぼり、丘をこえたら、
そこにはきっと、新しい谷や丘があることでしょう……。
『たのしいムーミン一家』

「それに、いつもいつもおなじところにばかりいたら、
いやになってしまいますものね」
『たのしいムーミン一家』

ムーミントロールがいいました。
「くねくねした川をくだっていくのって、
すごい冒険だと思うよ。
つぎに曲がったらどんなものが待ちうけてるか、
わからないんだもの」
『ムーミン谷の彗星』

仕事と愛

ト　ーベ・ヤンソンは、美しい景色、海でのびのびと泳ぐこと、快適なベッドといった日常のつつましいことがらに喜びを見出した。ペンや絵の具で絵を描き、文章をつづり、家族や友だちと会うことができさえすれば、たいてい満ちたりていた。富や持ちものなどの物質的なものは、トーベにとってそれほど大切ではなかった。自らが望む芸術を作り出す自由があればじゅうぶんだったのだ。トーベ同様、ムーミンたちもつつましい快適さを喜び、日々の生活の中でうれしい瞬間を見つけることができる。なによりも大切なのは愛と友情だと信じているからだ。

心たのしくすごすよりも
すてきなことなんてありませんし、
それくらいかんたんにできることもないのです。
『ムーミン谷の十一月』

　トーベは自分の仕事を愛していたから、生涯を通じ懸命に働いた。生きていく上での態度は、ひとことで言えば、彼女がモットーとしていた「働け、そして愛せよ」となるだろう。トーベはこのことばを手書きした蔵書票を作り、印刷して、持っている本の多くに貼りつけていた。この本の一番はじめの方に、この蔵書票が載っている。見てもらえればわかるように、右下のすみにはもちろん小さなムーミントロールがいる。まるでちょっとしたつけたしみたいに！

「気に入ったものを、じぶんの持ちものにしたいと
　思いはじめると、こういうことになるのさ。
　ぼくはね、なんでも、見るだけでいいんだ。
　はなれていくときは、頭のなかでおぼえておく。
　それなら、かばんを持ち歩かなくてすむ。
　いつだって手ぶらでいられるんだ」
『ムーミン谷の彗星』

　トーベの生活は、長年の間に大きく変わった。道を模索していた若い美術学生が、フィンランドでもっとも有名な作家兼画家になったのだ。

350

若いころのトーベは、これほどの成功を夢見たことはなかっただろう。また、かつては同性の相手と関係を持つことが違法だったフィンランドで、トゥーティと公然と同居することもできるようになった。ふたりはおたがいになくてはならない存在であり、世間の人たちにそのことを隠す必要はもはやなかった。ムーミンが世界的に有名になると、トーベはさまざまな国の人々に知られるようになり、世界じゅうに多くのファンを獲得した。そして、ムーミントロールが冬をうまく乗りきれるようおしゃまさんが手助けしたのと同じように、トーベが名声とうまく折りあいをつけられるよう手助けしたのはトゥーティだった（あるいはその逆で、トゥーティの存在があったからこそ、おしゃまさんが物語にあらわれたのだ）。

ムーミンは、おおむね子どものためのキャラクターとみなされてきた。だが、トーベ・ヤンソンは子どもだけのために物語を書いたつもりはなく、むしろ自分自身のために書いたのだ。ムーミンの世界が子どもと大人の両方をひきつけるのは、たぶんそのせいだろう。ムーミンの物語は、さまざまな楽しみ方ができる。幼い子どもたちは、抱きしめたくなるようなムーミンの姿形を好きになり、わくわくするような冒険のストーリーを楽しむ。一方、年上の子どもや大人は、本の中にこめられた深い知恵や美しい挿絵を味わう。ムーミンの物語は、世の中にある子どもの本の中でもっとも哲学的で示唆に富む、すばらしいもののひとつだ。

家族、くじけないこと、生きのびること、愛、友情といったテーマは普遍的なもので、だからこそムーミンは世界じゅうで人気がある。ムーミンが愛されるのは、わたしたちのだれもがときおり経験する気持ちや考えを、ムーミンたちがずばりとわかりやすく、ときにはユーモラスに表現してくれるからなのだ。

2001年、トーベは八十六歳で亡くなったが、その魂は、すばらしい絵画と著作全体を通して生きつづけている。トーベは、だれもが楽しめる、とても魅力的なムーミンという遺産を残した。今日、だれもが美しい挿絵入りの多くのムーミンの本の中から一冊選んで読んでみたり、ムーミンの映画やアニメーションを見たり、ムーミンショップをおとずれてムーミンの絵柄のマグカップやお皿、Tシャツや文房具を買ったり、あなたが手にしているこのすばらしい本（！）をながめたり、ほかにもたくさんの方法でムーミンを楽しむことができる。「ムーミンの世界（ムーミバース）」は巨大で、いまなお拡大しつづけているが、ムーミンたちを生かしつづけているのは、トーベの書いた本とその中に息づく登場人物なのだ。

　数多いムーミンの本のほかに、トーベは、大人向けの小説や戯曲や短編、エッセイ、回想録も書いている。さらに、何百枚もの美しい絵画やスケッチ、今日でも美術館や学校、病院、市役所で見られるパブリックアートも遺した。雑誌や本の装丁、バースデーカードやボードゲームにいたるまで、あらゆるものをデザインした。そして1966年、待望の国際アンデルセン賞を受賞したほか、数々の賞や賞賛を受けた。だが、つまるところトーベ・ヤンソンは、ムーミンの作者としていつまでも人の心に残るだろう。とてもユニークな生きものたちの拡大家族の物語——わたしたちとはまったく似ていないのに、とてもよく似ているムーミンたちの。

そしてムーミンたちは、永遠に生き続けるだろう。

キャラクター索引

謝辞

　ほとんどの本は、著者ひとりの力ではできない。このような本ならなおさらだ。子どものころから愛しつづけたムーミンの世界にわたしがさらに深く関わる機会を与えてくれた編集者エミリー・フォード、とてもていねいなリサーチを行い、思いがけない道へと導いてくれたアマンダ・リー（ありがとう、アマンダ！）、読者のみなさんがいま手にしているこの美しい本をデザインし、仕上げてくれたローナ・スコビー、ベッキー・チルコット、クリス・インズ、協力や助言を惜しまず、貴重な記録類を見せてくれたソフィア・ヤンソンをはじめムーミンの権利を管理している方々に感謝する。そして最後になったが、もちろんいまは亡きトーベ・ヤンソン自身に感謝を捧げたい。トーベは文章とイラスト、人の内面に対する驚くべき洞察力、世界に対するユニークな見方によって、ルビーや金よりももっと貴重なものを創造したのだ。

フィリップ・アーダー

絵画・写真のクレジット

p 252-253, 260, 261, 262, 263, 264, 266（全点）, 280, 293, 294, 300-301, 303, 305, 306, 309, 312, 315, 316, 317, 320, 341, 353 ⓒ Per Olov Jansson

p 258（全点）, 259, 269, 270, 271, 274, 276（全点）, 278-279, 281, 282-283, 288, 289, 346, ⓒ Tove Jansson

p 273 ⓒ Eva Konikoff

p ⅷ -1 ,23, 28-29, 111, 166-167, 196-197, 284-285, 286, 290, 291, 295-296, 297, 298, 299, 323, 326-327, 329, 330-331, 332, 333, 335, 336-337, 338, 340, 343, 347, 348, 359 ⓒ Moomin Characters™

p 292: 第二次世界大戦下のフィンランド——ソ連によるヘルシンキの爆撃——直撃を受けて燃える住居
ⓒ Universal History Archive/UIG/Bridgeman Images

（347ページの手紙の訳）

しんあいなるイギリスの子どもさんへ!!!

　ムーミン一家がみんなでイギリスへ行く、ときいたので、わたしは、ムーミンパパのところへ行って、いつも旅行にもっていくものを、もっていきますかってたずねました。でもパパは、ロンドンに行くのは、わたしたちじゃなくて、わたしたちのお話だよって言ったんです。そしてこう言いました。イギリスの人たちに手紙を書いて、ムーミンってどんなものかをせつめいしてあげたらいい、イギリスには、そんなものはイないだろうからって。

　かわいい子どもさん、イギリスにはムーミンがいっぴきもいないっていうのは、ほんとですか？　それに、トロールがどんなものかもしらないっていうのも？　わたし、絵はすごくにがてなんですけれど、トロールってこの絵みたいなものです。トロールは、小さくてはずかしがりやで、もじゃもじゃ毛がはえていて、フィンランドの森には、それはたくさんいます。トロールとムーミントロールのいちばんちがうところは、ムーミントロールのほうが、毛がみじかくて体がなめらかで、おひさまの光がすきなところです。ふつうのトロールは、くらくならないと出てこないものなの。

　スナフキンは、イギリスでは、だれもとうみんなんかしないといっています。まあ、おそろしいこと！　こどもたちが、ながくてくらくてさむい冬のあいだじゅう、ずっとおきてるなんて、ほんとうなの???　かわいそうに！

　さあ、いますぐおうちにとじこもるか、もしもおうちがないのなら、十一月になったらすぐに、つもった雪にあなをほって、中にかくれなさいね。そうすれば、春がくるまで、あったかくげんきにすごせますからね。でも、とうみんにはいるまえに、たっぷりマツバをたべて、けいとのぱんつをはかないとだめよ。

　おとうさんやおかあさんに、わたしたちみんなからよろしく、とつたえてね！　みなさんが、わたしたちのおはなしをきいにいってくれますように！

　それから、王さまと女王さまにごあいさつしてくたさると、ほんとにほんとにうれしいわ。ムーミンパパが、お二人は今、ロンドンにある黄金でできたムーミン屋敷におとまりだ、といっているので！　　　　　ムーミンママより
p.s. 字のまちがいをおゆるしくださいね。わたしたちムーミンは、気のむいたときしか、学校にイかないものですから。

（348ページの手紙の訳）

フィンランドのラップランドのコルバトゥントゥリ山より

小さな友だちへ！

　元気にしておるかな？　わしはだいぶ年をとったサンタクロースになってしまったよ。それに、ちょっとばかりさびしいものだから、手紙をもらうのはうれしいね。世界じゅうで、まだあったことのない小さな子どもたちが、わしのことを思いうかべながら手紙を書いてくれたと思うと、うれしくなるよ。自分やほかの人にもってきてほしいプレゼントのことを書いてきた子もいれば、ありがとう、と気持ちを書いてくれた子もいる。ただ楽しいおしゃべりを書いてくれた子もいる。だが、どの子もみんなわしのことを考えてくれていると思うと、うれしくてたまらない。きみたちも知っているとおり、わしはもうずっと長いこと、ひとりきりでくらしている──だれも知らないところで、「こどくな」毎日をすごしているというわけだ。

　早く冬がくるといいね。それまでわしは、きみたちのような子どもがどんなプレゼントをほしがっているか、どんなプレゼントをあげたらぴったりか、ずっと考えているよ。

　そしてある晩、外で初雪がふりだす音がきこえる──雪がふる音をきくことができるのは、このわし、サンタクロースだけ。雪はとてもしずかに、かろやかにふるからね。そして世界じゅうを、ふわふわでまっ白でしたしみやすいところに変えてしまうんだ。初雪がふると、クリスマスももうすぐだとわかる。一年のうちのほかのどの夜ともちがう、とても特別なクリスマスイブの夜。ひと晩じゅう、何百万というろうそくがともされる、いちばんくらくていちばん長い夜だ。だれもが、ほかの人に親切にしようと思う夜──だって、むかしむかし、おさなごイエスがお生まれになった夜なのだからね！

　そこでわたしは、家の扉をあけて北風のかおりをかぎ、銀の鈴をならす。しばらくすると、小さな家のまわりの森から、さやさやひそひそいう音がきこえてくる。クリスマスの小人たちや妖精たち、さまざまな冬のいきものたちが、四方八方から集まってくる音だ。スキー板ですべったり、スノーブーツをはいたり、ただ雪の中をけんめいに歩いたりしてね……

＊本書に掲載しているムーミンの物語の引用部分は、すべて英語版から訳しおろしました。ただし、本の題名、キャラクター名は講談社版によっています。

ムーミン谷のすべて　ムーミントロールとトーベ・ヤンソン

フィリップ・アーダー　文
徳間書店児童書編集部　訳　Translation © Tokuma Shoten Publishing Co., Ltd.

発行人　小宮英行
発行所　株式会社徳間書店
〒141-8202　東京都品川区上大崎 3-1-1　目黒セントラルスクエア
TEL (049) 293-5521（販売）　(03) 5403-4347（児童書編集）　振替　00140-0-44392 番
本文・カバーデザイン　森枝雄司
本文組版　株式会社 CAPS

360pages, 28cm, NDC933, Printed in China
Published by TOKUMA SHOTEN PUBLISHING CO., LTD., TOKYO, JAPAN
徳間書店の子どもの本のホームページ　http://www.tokuma.jp/kodomonohon/